ÉTRANGES NOUVELLES DE BOURGOGNE

PHILIPPE BOUIN

© 2003 JPM Editions - ISBN : 2-84786-020-7
Illustration de la page de couverture : David Giraudon

Pour Jean-Michel CHANTREAULT

à l'origine de ces nouvelles.

Ph. B.

Le rat

Claudius Legendre se réveilla dans son jardin, pieds nus, en pyjama.

La nuit était tendre, le vent absent des monts morvandiaux, la lune les éclairait comme en plein jour, l'été les baignait de chaleur.

Ce qui surprit d'abord le vieil homme, c'est qu'il n'avait pas froid, réaction pour le moins bizarre, il aurait plutôt dû se demander ce qu'il fichait là.

Quelle heure pouvait-il être ? En trois coups, la cloche de la paroisse lui livra la réponse, ce n'est qu'après qu'elle se soit tue qu'il commença à s'interroger.

– Qu'est-ce que je fous là ? Je perds la boule ou quoi ?

A soixante-dix ans, il n'allait quand même pas commencer une carrière de somnanbule !

Pourtant, il fallait croire que si. Il s'était couché après les infos, comme tous les soirs, dans son lit trop grand, trop vide depuis la mort de sa femme, le sommeil l'avait gagné pendant qu'il lisait un magazine, son bras s'était tendu vers la poire du plafonnier, puis plus rien. Une histoire de brindezingue.

–Ça doit être le pâté, j'ai eu tort d'en manger, il m'aura gâté le sommeil.

Mais peu importait la cause, le fait est qu'il se retrouvait en pleine nuit dans ses fraisiers, au milieu de la campagne, avec, devant lui, le Morvan à perte de vue. Par chance, la ferme de René Gratien, son plus proche voisin, se trouvait à des centaines de mètres. Claudius s'était fâché avec René, pour une question de terrain, d'un vilain bout de clôture, planté trop loin dans le sien.

–Manquerait plus qu'il me voie, le bougre, il en ferait des gorges chaudes.

Sûr qu'ils se ficheraient de lui au village, on ne l'y aimait plus beaucoup, on disait que son veuvage le rendait irascible.

–Des sauceurs de misère, j'ai juste grigné une fois ou deux.

Pas de quoi fouetter un greffier, ni aucune autre bête, il n'avait que défendu son droit. Mais raison ou pas, maintenant on lui tournait le dos.

Sottes rivalités ! Il oublia les médisants, se reconcentra sur son cas.

–Comment j'ai fait pour atterrir là ?

Hébété, Claudius jeta un œil vers sa ferme, la porte était fermée.

–J'ai dû la claquer derrière moi.

Ce mystère le dépassait, il fallait qu'il boive pour s'en remettre.

Le gosier sec, il n'eut plus qu'une idée : regagner sa cuisine.

Prudemment, il leva une jambe, effleura le sol, reposa le pied dans un plant de salades, persuadé que mille cochonneries allaient le piquer au sang. Etonné, il constata qu'il ne sentait rien. Un hasard, pensa-t-il, mais après cinq enjambées sans souffrir, épargné par les graviers, les bouts de verre, les épines, il se prit soudain la tête. C'était pas Dieu possible.

– Ça va, je comprends ! s'exclama-t-il, mon corps est protégé ! J'ai vu ça à la télé, les somnambules sont blindés contre la douleur, je dois user un reste de défense.

Il se dépêcha de rentrer avant que la machine ne se remette en place, avec toutes ses sensations douloureuses.

– Vite, mon gars, ou tu vas déguster.

Il se hâta de quitter le jardin, se posa dans la cour, se retourna pour apprécier son parcours.

– Sacré nom ! J'aurais pu me faire mal.

A son âge, il craignait le plus petit bobo, le docteur Tibère, fatigué de son hypocondrie, ne voyait que lui dans son cabinet.

– Vos maladies imaginaires m'épuisent, monsieur Legendre. En revanche, vous devriez modérer le gorgeon. Et je ne vous parle pas du tabac.

Ce médecin était un âne. Aussi costauds que lui, musclés par les travaux des champs, ses aïeux avaient levé le coude, mangé comme des chancres et roulé du gris jusqu'à quatre-vingts ans. Conclusion : ils étaient tous morts d'autre chose.

L'air du Morvan préserve...

Claudius revint au présent, à sa drôle d'odyssée, à son logis qu'il devait rejoindre. Vaste expédition, une bonne distance l'en séparait.

Bien plus que l'étendue, la porte fermée le chagrinait.

– Mais par où, répéta-t-il, ai-je bien pu sortir ?

Son regard badauda sur la maison. Peut-être était-il passé par une fenêtre ? Il les inspecta une à une, du grenier au rez-de-chaussée. Ses yeux se rivèrent soudain à une lumière, allumée plus bas, dans le cellier. Son aventure tournait au cauchemar, il ne pouvait y être descendu, avoir déverrouillé le cadenas, levé le loquet, tout cela sans se réveiller, pour aller ensuite se balader dans la nature.

–Des voleurs, il y a des voleurs.

Taillé dans la pierre, il se sentait encore capable de leur coller une raclée. Pas le temps de se rechausser, il saisit une bûche, s'avança vers l'escalier extérieur. Ses marches menaient à la cave. Il les dévala, constata que la porte béait, entra comme un fou, prêt à frapper, l'insulte aux lèvres.

–Montrez-vous, bande de salauds !

Personne. La pièce était vide.

Claudius baissa sa massue, évalua ses biens, observa autour de lui. Ses bouteilles, bien rangées, sommeillaient dans leurs casiers ; on avait touché à rien, aucune trace outre les siennes. Fichue énigme, une seule réponse s'imposait : c'était bien lui qui était venu ici.

–Je le crois pas, il faut que je me fasse soigner.

Finalement, il consulterait Tibère.

Déboussolé, à l'ouest comme disent les mômes, il s'apprêta à éteindre. L'index sur l'interrupteur, il se résolut à repartir, quand un bruit métallique le fit sursauter.

–C'est quoi, ce boucan ?

D'un mouvement sec, il se tourna vers ses casiers de beaujolais, là où les tuyaux de la chaufferie remontaient à l'étage.

–Saloperie !

La gentillesse s'adressa à un rat, un gaspard énorme, immobile, planté sur les conduits, qui le fixait tranquillement.

Claudius leva son gourdin, s'approcha de lui. Ce sale bestiau le narguait, il allait lui régler son compte, ça servirait d'exemple à ses congénères.

–Pourquoi veux-tu me tuer, toi qui es en train de mourir ?

Surpris, le vieil homme tressauta, chercha d'où venait la voix, fit demi-tour, fouilla dans l'escalier, bouscula ses fagots, sans résultat, le farceur se cachait bien.

–Où es-tu ? demanda-t-il d'un ton inquiet.

–Devant toi, Claudius.

Non ! Cette bestiole ne pouvait parler, quelqu'un lui faisait une blague, très mauvaise, qu'il n'apprécia guère, surtout après sa crise de somnambulisme.

–Montre-toi, insista-t-il.

Un soupir. Le rat se désola.

–Incrédule, hein ? Je sais, c'est difficile à concevoir, mais il faut pourtant que tu t'y fasses, c'est bien un rat qui t'interpelle.

Claudius en lâcha sa bûche, trembla, bégaya.

–C'est une diablerie... Je vais me réveiller... Je dois dormir debout...

– En quelque sorte, puisque je suis dans ton sommeil.

Il ne comprit rien à cette embrouille, sinon qu'elle n'était pas réelle, que son vilain rêve continuait, qu'il dormait les yeux ouverts, un truc de brelot que seul Tibère pourrait lui expliquer. En attendant son avis, il fit face au rongeur. La situation lui parut surréaliste : causer avec un rat ! Il aurait tout fait dans sa vie ! Toutefois, comme il se savait endormi, il en accepta le principe.

–Que me veux-tu ?

–Du bien, Claudius, je suis venu te prévenir.

–De quoi ?

–Je te l'ai dit : tu es en train de t'éteindre, et tes affaires ne sont pas en ordre. Départ stupide, tu as toujours été un honnête homme, il serait idiot que tu t'en ailles sans faire la paix avec les tiens. Je suis ta dernière chance de réparer tes erreurs.

Ses gros doigts de paysan grattèrent une tignasse épaisse.

–Lesquelles ? Mes engueulades avec le maire ?

–Oublions-les, ton conflit était justifié. Sans ton intervention, la route dont tu as fait modifier le tracé aurait été un danger.

– Ah... Si c'est pas ça, il doit s'agir de mes noises avec René ?

– Un camarade de régiment, un ami de longue date. C'est bête de se fâcher pour des piquets, même s'il avait tort de les planter dans ton terrain.

– C'est de sa faute s'il l'a mal pris, ce pas bien cuit.

– Enfin, Claudius, tu l'as traité de tous les noms. Entre nous, « pauvre andouille » n'était pas indispensable, tout comme le « incapable de mes fesses » que tu as lancé, devant tout le monde, au boulanger du village.

– Il cochonnait son pain.

– C'est exact, mais tu ignores qu'il était malade. Ne crois-tu pas qu'il suffisait de le prendre à part pour t'exprimer ? Cette démarche t'aurait évité de l'humilier en public. Tu es d'ailleurs devenu le champion de la vexation, on te fuit, on te prend pour un ours.

Claudius postillonna de dépit.

– Pff ! Si tu sais tout sur moi, tu es au courant pour ma femme.

– Yvonne ? Tu vas la rejoindre bientôt, ça ne dépend que de toi.

– Je ne te parle pas du grand saut, je te parle de mes amis qui m'ont tourné le dos. Pas un, tu m'entends, pas un d'eux ne m'a invité chez lui après sa mort, ils m'ont tous abandonné, comme une vieille chaussette, même le René. Et tu t'étonnes que j'ai viré bredin ?

– Non, c'est bien pour cela que l'on te pardonne tes colères.

Le rat laissa glisser un long silence, un temps propice à la réflexion. Claudius reprit.

– Si on m'en veut pas là-haut pour ces bêtises, on m'y reproche quoi ?

– Rien, sinon que tu vas partir en laissant du malheur derrière toi.

– Moi ? J'ai fait de mal à personne.

– Tu t'en feras à toi, tu le regretteras beaucoup. Vous le regrettez toujours tous.

– Bouh ! Moins vite, j'ai de la peine à te suivre. Elle est où, la chipote ?

– Laurette.

Le corps du vieux frissonna, se tassa ; il s'assit sur une chaise bancale, celle où il s'installait pour tirer son vin.

– Je lui en veux d'avoir quitté la ferme.

– C'est ta fille unique.

– Tu crois que je l'ai oublié ? Rien que d'y penser j'en ai la colique.

– En vingt ans, tu aurais pu chercher à la revoir.

– J'ai attendu qu'elle me rappelle, c'était pas à moi de faire le premier pas.

Le rat ricana.

– Après toutes les horreurs que tu lui as jetées au visage ? Simplement parce qu'elle épousait un gars de la ville ? A sa place, j'aurais agi pareillement.

– Elle me connaît, elle sait que je m'emporte facilement.

– A la différence que ce jour-là tu l'as mise à la porte.

– Un geste idiot, je m'en suis donné des claques. Mais c'était trop tard pour revenir dessus.

– Tu le peux encore, Yvonne te le demande avant que tu montes la retrouver. Je t'assure qu'elle en souffre, elle ne voudrait pas que tu traînes les mêmes remords.

Devait-il avouer que Laurette lui avait envoyé les photos de ses petits-fils ? Ce diable de rat devait être au courant, tout comme il devait savoir que le cadet de sa fille s'appelait Claudius. Beau gâchis. Au nom d'une fierté mal placée, d'une terre qu'elle avait abandonnée pour vivre sa vie ailleurs...

– Ça ne peut pas attendre ?

–Non, Claudius, je t'offre l'ultime occasion de te réconcilier avec elle.

–Tu plaisantes ? Regarde le bonhomme, je pète de santé.

Vanité des vanités, le rat esquissa une sorte de sourire.

–Viens avec moi, tu comprendras mieux l'urgence.

D'un bond, l'animal sauta sur le sol, grignota l'espace qui le séparait de l'escalier.

–Allez ! Un bon mouvement, on va chez toi.

Sans savoir pourquoi il lui obéissait, Claudius le suivit, toujours pieds nus, grimpa les marches, se retrouva dans la cour, accroché à l'idée que cet instant n'était qu'un rêve.

Il traîna le pas, le rongeur l'invita à se dépêcher.

–Le temps presse, Claudius, mets-y de la bonne volonté, c'est ton intérêt.

En maugréant, le vieil homme rattrapa le rat sur le perron...

–Je dois faire quoi, à présent ?

–Pousser la porte.

Elle était ouverte, il était donc bien passé par le vestibule pour sortir.

–Et maintenant ?

–Direction ta chambre.

–La belle affaire ! Que veux-tu m'y montrer ?

–La preuve que tu dois appeler ta fille sans tarder.

Réponse sibylline, mais dans ce drôle de songe, il ne s'étonnait de rien.

Ils entrèrent dans la maison, une odeur de soupe aux poireaux y flottait, le rat fila dans le salon, tourna dans un couloir, Claudius derrière lui, puis s'arrêta soudain.

–Ma mission se termine ici, tu dois faire le reste du chemin sans moi.

– Pourquoi ?

– Parce qu'ensuite la décision t'appartient.

D'une vrille, l'animal se retourna.

– A bientôt, Claudius.

Il disparut sur ce simple salut.

Resté seul, le vieil homme tangua un moment. Cette histoire était folle. Toutefois, à force de l'analyser, il lui trouva un fond de logique. Après tout, qu'y avait-il derrière cette dernière porte ? Sa chambre, pardi ! N'était-ce point là que sa crise de somnambulisme l'avait pris ? C'était donc entre ses murs qu'elle se terminerait, il lui suffisait d'entrer, de se recoucher pour que tout redevienne normal.

Soulagé que son rêve s'achève, il tourna la poignée, pénétra dans la pièce éteinte.

Entre les persiennes, la lune éclairait faiblement son lit, assez fort cependant pour qu'il y distingue une forme allongée. Malgré sa peur, il s'approcha, regarda de près.

Et il se vit !

Son cadavre gisait sous les couvertures...

Ouf !...

... Claudius ouvrit les yeux.

Un cauchemar, il avait fait un abominable cauchemar.

Le soleil taquinait les papiers peints de sa chambre, les cloches de l'église sonnaient à toute volée. Onze heures, l'heure de la grand-messe dominicale, ce jour était un dimanche. Incroyable, il ne s'était pas réveillé pour y aller. Tant pis, pour une fois il la manquerait. Ce hiatus dans ses habitudes le contraria, non qu'il fût un cul-béni, mais parce que l'office lui offrait l'occasion de rencontrer des gens. A part le facteur, il en voyait si peu.

Son esprit se remit en place, il repensa à sa nuit. Etrange rêve, il n'en avait jamais fait de pareil, d'aussi précis sur sa vie passée. Et ce rat bavard, quelle ineptie ! Comment, diantre, le cerveau pouvait-il fabriquer de telles idioties ? Un mystère.

Encore sous le choc, Claudius repoussa les draps, se leva, enfila ses chaussons, songeur, ou plutôt tourmenté.

A bien y réfléchir, ce damné rêve n'avait rien de gratuit. Il fut soudain persuadé qu'il contenait un message. L'homme croyait aux signes du destin.

Cette idée s'amplifia quand il traversa le couloir, ne le quitta plus lorsqu'il entra dans le salon. A force de grandir, elle vira à l'obsession, sa tête en devint brûlante, la fièvre le gagna. Il regarda le téléphone, hésita, puis, les nerfs en pelote, se jeta sur le combiné, tremblant, excité. Inutile de compulser l'annuaire, il connaissait le numéro, il avait eu le temps de l'apprendre.

La communication s'établit. On décrocha à l'autre bout.

– Allô.

Dieu, cette voix... Il en pleura de l'entendre.

– Laurette ?

– ...

– C'est papa.

Voilà, il avait franchi le pas.

– Que me veux-tu ?

Tellement de choses, qu'il ne tenta pas de les ordonner, qu'il se garda de justifier ses années de silence, ses sentiments guidèrent son cœur, ses entrailles, sa langue.

– Te dire que je t'aime, ma chérinette, que je t'ai toujours aimée. Il n'y a pas un jour en vingt ans où je n'ai pensé à toi. J'espère que tu es heureuse, je ne veux que ton bonheur, je suis un idiot d'avoir voulu te le refuser, ton mari est un type bien. Pardonne-moi pour tout, je ne suis qu'un vieil imbécile, un crétin de dernière. Je m'en veux de t'avoir fait souffrir, tout est ma faute. Je t'embrasse, ma chérinette, j'embrasse aussi tes enfants, fort, très fort.

Puis il raccrocha.

... Tout le village, le jeudi suivant, se rendit aux obsèques de Claudius.

... On ne voulut se souvenir que de l'homme charmant qu'il avait été.

... Le curé expliqua à Laurette qu'il s'était inquiété de son absence à la messe.

... Retrouvé mort chez lui, le docteur avait conclu à un arrêt cardiaque.

... Laurette écouta son rapport.

... Elle ne comprenait toujours pas, alors qu'il s'était éteint dans la nuit, comment son père avait pu lui téléphoner à onze heures du matin.

Mademoiselle Amandine

Beaucoup, dans le Haut-Brionnais, se souviennent de cet hiver terrible qui coupa la région du reste de la Bourgogne.

C'était en...

Et puis non, je ne donnerai pas de date, elle ne servirait à rien, cette histoire sort du contexte temporel.

Est-elle seulement vraie ?

L'ami qui l'a vécue m'affirme que oui. La passion avec laquelle il la raconte – des trémolos dans la voix, des scintillements dans les yeux – me fait penser qu'il ne ment pas. D'autant qu'il ne s'en ouvre que rarement, par crainte des railleries.

Je me garderais d'affirmer qu'il a réellement vu et entendu ces faits, je défendrais plutôt une version intermédiaire, située entre le conscient et le rêve, une explication sans nom, tarabiscotée, que je baptiserai passage.

Le terme me convient, sa sémantique d'épicerie traduit le fond de l'aventure : où se trouvait son héros quand il l'a traversée ? Etait-il éveillé ou ressentait-il ces événements étranges ?

Un peu les deux, à mon avis.

Commençons par le présenter, sous un masque discret, ça va de soi.

Je l'appellerai William Larus, j'en ferai un délégué commercial.

Côté physique, je dirai qu'il est jeune, élancé, blond, plutôt charmeur.

Quant à la suite, je m'engagerai à respecter son récit.

Parole de narrateur impartial...

Au centre d'un triangle vallonné, situé entre Marcigny, Iguerande et Semur-en-Brionnais, à un vol de colombe des vignobles ressuscités, William commençait à paniquer.

Jamais, en janvier, on n'avait vu autant de neige tomber, des congères se formaient sur les petites routes, à une vitesse incroyable, comme dans le grand nord du Canada.

La nuit était tombée, il conduisait avec prudence, ne prenait aucun risque, sûr de verser dans un fossé à la moindre inattention.

Sa voiture patina, il la redressa en douceur, repartit avec la ferme décision de s'arrêter dans la prochaine bourgade.

– Le premier hôtel sera le bon.

Nevers, où il habitait, attendrait son retour...

Réflexion pleine de sagesse, le trajet devenait mortel – d'ailleurs, il ne croisait plus personne. Il fallait être fou pour prendre le volant. Ou bien représentant.

Partout du blanc – sur les monts, les collines, les bâtisses –, il devenait impossible de distinguer un prieuré d'une ferme, d'apprécier la courbe d'un virage, de discerner la chaussée d'un chemin. Les panneaux indicateurs étaient illisibles, la visibilité nulle, William ne savait plus où se diriger. Pourtant, il connaissait bien la région, mais là, dans cette tourmente, il s'avouait perdu.

– Où suis-je, bon sang de bonsoir ? Semur devrait être proche d'ici.

Son autoradio capta une station locale. La voix de l'animateur résonna dans les haut-parleurs : « Salut à tous ! Il est 23 h 15, si vous n'êtes pas encore couchés, profitez-en pour sortir vos skis. »

– Gros malin, fulmina William, si tu me disais plutôt où je dois tourner.

A un carrefour, il lui sembla que c'était sur la gauche, l'embranchement lui rappelait celui où il virait d'habitude. Il s'y engagea mollement, à l'allure d'un tracteur, moderato, sans à-coups, en deuxième.

– Pas moyen de se repérer... C'est dingue...

La neige avait avalé la Terre, festin dantesque, on ne voyait plus que l'ivoire de ses dents.

A un train poussif, vigilant, crispé sur les commandes, William traça un long sillon dans le champ de flocons, sur plusieurs kilomètres, sans parvenir à se situer.

Ici comme ailleurs, aucune indication, le cauchemar se prolongeait.

Sa voiture zigzagua, il la contrôla tant bien que mal, contourna des embûches, évita des obstacles, toujours de justesse, les yeux collés sur ses codes.

Puis, soudain, elle partit de travers...

– Manquait plus que ça !

A cause de quoi avait-elle dévié ? La belle affaire que de le savoir ! Le fait est qu'elle levait le nez, plantée en l'air sur un monticule.

Dans un réflexe idiot, il actionna la marche arrière. Erreur fatale, la berline s'enfonça, les pneus avant pris dans un piège, coincés dans un carcan de glace.

Inutile d'insister, quelle que soit la manœuvre, elle aggraverait le problème.

William coupa le contact, sortit de l'habitacle, affronta le tourbillon, fit le tour de sa voiture, lampe torche en main, évalua les dégâts.

– D'accord... Il faudra une pelle pour la dégager.

Un outil, bien entendu, qui manquait dans son coffre.

Effondré, furieux contre lui – pourquoi s'était-il attardé à table avec son client ? –, il observa les alentours, chercha une lumière, un signe de vie, une maison où quelqu'un pourrait le dépanner. Hélas, il n'en vit pas, la neige verrouillait l'horizon.

Que faire ? Remonter dans sa voiture ? Mettre le chauffage ? Attendre qu'un conducteur passe ?

Solution idiote, il courrait le risque de vider la batterie. Et puis, à moins d'un miracle, personne n'emprunterait cette fichue route avant le matin.

– Coincé en rase campagne... Bien... J'ai connu des moments plus gais...

Il tenta d'appeler à l'aide sur son portable, sans grande illusion, ce qu'un signal strident lui confirma : la tempête brouillait le réseau.

Tout à coup, le vent s'en mêla. Une violente bourrasque bouscula sa carcasse. D'autres lui succédèrent, chaque fois plus fortes que les précédentes. Un craquement sinistre le fit sursauter. Non loin de là, un arbre, ou un poteau, avait dû s'effondrer. La tempête monta d'un cran, l'endroit devenait dangereux. D'un geste machinal, il regarda au-dessus de lui. Un semblant de frêne s'agitait en tous sens, secoué, battu, torturé par la tornade, menacé de fracture.

– Non !... Il va s'écraser sur mon capot !...

Pas question de se rasseoir à l'intérieur, William décida de partir sur-le-champ, de marcher droit devant, jusqu'à ce qu'il trouve un toit pour s'abriter. Après tout, il n'était pas au Groenland, mais en Bourgogne du sud, sur un plateau qui, malgré son aspect désertique, devait compter des habitations. Avec un peu de chance, il en trouverait une pour l'accueillir, quitte à réveiller des gens.

Le moral à plat, il prit son sac dans le coffre, respira profondément, se lança dans l'aventure.

Elle fut sans concession.

De plus en plus brutal, le vent l'obligea à se ployer pour avancer, lui gifla le visage, le fit même reculer. Ses jambes s'enfoncèrent à mi-mollets dans la neige, ses pieds se glacèrent, mal protégés par ses chaussures de ville. Il progressa avec peine, le temps lui parut interminable, au point qu'en dix minutes il crut avoir marché pendant des heures. Les flocons ne cessèrent de danser, leur tourbillon l'empêchèrent de voir son chemin. Dans cette poisse, il tressaillit, apeuré, en distinguant une forme sur le sol. Le faisceau de sa lampe identifia la chose : un poteau électrique, couché par la tempête, aux trois quarts couvert de blanc.

– Fauché net. C'est sa chute que j'ai dû entendre.

Rassuré, il l'examina de près. C'était l'un de ces fûts en bois sur lesquels, autrefois, on connectait des câbles aux lignes principales. L'EDF raccordait ainsi les maisons isolées. Au fin fond des campagnes il en subsiste encore, peu à peu remplacés par des pylônes en béton.

– Génial ! s'exclama-t-il, enfin une piste.

William eut raison de se réjouir : ce poteau lui signalait la présence d'une demeure en retrait, forcément proche. Comme le

Petit Poucet, il lui suffisait de trouver les troncs suivants pour l'atteindre – recherche qu'il entreprit aussitôt.

D'un geste fébrile, il balada la lumière sur les fils, ne quitta plus leur remontée. La neige les avait épargnés, leur gaine grise lui montra la route à prendre. Il s'y engagea, certain que son enfer s'achèverait au bout.

De lourdes enjambées en glissades douloureuses, le jeune homme suivit leur course, de mât en mât, dans une nuit cotonneuse, sans savoir où elle le menait.

Tour à tour, il s'étala, se fit mal, jura, se redressa, retomba, redémarra.

Il dut lutter à chaque pas – contre la neige, le vent, le froid– ; son périple n'en finissait pas, ses muscles demandèrent grâce ; il pria pour que son calvaire se termine.

Sa prière fut exaucée, il aperçut un lumignon...

Mince, fluette, tremblotante, la lumière lui parut d'une étrange faiblesse.

– Panne d'électricité, diagnostiqua-t-il, ils ont dû allumer des bougies.

Situation de crise, l'effondrement des lignes avait tout fait sauter.

Encore quelques mètres, quelques ahans, il se trouva face à la maison...

– Nom d'une pipe ! Un manoir !

Du moins une demeure ancienne, a priori du Second Empire ; mais, à sa décharge, le rideau neigeux lui interdisait d'apprécier le distinguo.

En revanche, il ne se trompa guère sur le morceau qu'il entendit.

– Chopin... Nocturne numéro 3.

Mélomane, William adorait le classique... et détestait Chopin. Son aversion ne l'empêcha pas d'estimer le doigté du pianiste.

– Bien !... Il a du talent...

Sur ce jugement, il grimpa les marches d'un double perron, se campa devant une porte massive, toqua fermement... Pas de réponse, le piano couvrait le bruit de ses coups... Il donna de la voix.

– S'il vous plaît ! Il y a quelqu'un ?

Aucun écho. Juste des notes. Chopin absorbait le virtuose.

Transi de froid, William recommença – sans plus de succès –, chercha autour de lui une sonnette, découvrit une cloche... Tant pis, il n'avait que ce moyen pour signaler sa présence.

Elle tinta. Chopin se tut.

– Je suis en panne ! J'ai besoin d'aide !

Le cœur battant, il attendit que l'on vienne – toujours en vain –, craignit qu'on le laisse dehors, s'énerva, tonitrua.

– Je m'appelle William Larus ! Ma voiture est bloquée dans la neige !

Lentement, en grinçant, la porte s'ouvrit, un timbre féminin calma ses angoisses.

– Inutile de crier, monsieur Larus, vous êtes le bienvenu.

Eclairées de dos, les formes d'une jeune fille se découpèrent dans le chambranle, longues, souples, pareilles à celles d'un modèle de Puvis de Chavanne. William eut un mouvement de recul, fasciné par son apparition. Réaction stupide, propre à l'effrayer, il se reprit en agitant les mains.

– Surtout, n'ayez pas peur, mademoiselle.

– De qui ? De vous ?

– On peut le présenter ainsi... Il fait nuit, il y a cette tempête...

– A laquelle je vous propose d'échapper, l'interrompit-elle. Entrez, venez vous réchauffer près de la cheminée.

Féerique, aérienne, elle s'effaça pour le laisser passer.

– Le salon est sur votre droite.

– Merci.

William n'osa la regarder, avança timidement, honteux de maculer le tapis.

– Excusez-moi, je salis tout avec mes chaussures.

– Ce n'est que de l'eau, ça séchera... Avez-vous marché longtemps ?

– Ça va, je me suis embourbé près des champs.

– Les joies de l'hiver... Vous avez de la chance que je ne dorme pas, le plus proche village est loin d'ici... A pied, dans cette tempête, vous en auriez eu pour des heures.

Sa voix, soyeuse, traînait ses fins de phrases, comme si des points d'orgue les ornaient.

– Installez-vous près de l'âtre, vous en avez bien besoin.

– C'est trop, je vous dérange.

– Au contraire, je ne reçois jamais de visite.

Un peu gauche, il pénétra dans une pièce à l'odeur de renfermé – chargée de vieux bibelots, de tableaux conventionnels, au style un tantinet pompier, de portraits d'ancêtres, de rideaux rouges à franges d'or, d'un piano antique, de meubles d'un autre âge – éclairée par des bougies plantées dans des chandeliers rococo. Un repaire de rombière, au décor désuet.

– C'est joli, chez vous, murmura-t-il poliment.

Le rire de la jeune fille retentit derrière lui.

– Vous trouvez ? Si c'est le cas, vous avez mauvais goût.

Il se retourna pour lui répondre, la vit enfin dans la lumière.

Brune, les cheveux mi-courts, son visage lancéolé se parait d'yeux pervenche. Fine jusqu'au bout des doigts, elle portait une robe légère, rose thé, et un collier de velours noir, très large, sur un cou de madone chère au Carpaccio. Quel âge pouvait-elle avoir ? A peine plus de vingt ans, vingt-deux tout au plus.

– Si vous les détestez, pourquoi gardez-vous ces vieilleries ?

– Par tradition, monsieur Larus, un mal de famille.

D'un arc de la main, elle le convia à s'asseoir.

– Prenez place, je vais vous servir à boire. Vous avez une préférence ?

– Un bon café me réchaufferait.

Ses lèvres dessinèrent une moue.

– Désolé, la cafetière électrique ne marche plus.

Il se frappa le front.

– Pardon, j'aurais dû y penser.

– Panne générale. En revanche, je peux vous offrir un armagnac.

– Heu... Si j'acceptais, j'aurais l'impression d'abuser.

– Vous auriez tort : j'en ai plein ma cave. Vous pourrez d'ailleurs vider la bouteille, elle ne me manquera pas, je ne bois jamais d'alcool.

– Bon, puisque vous insistez... Et puis j'ai déjà mangé, je peux me le permettre.

– Ajoutez à la liste que vous ne reprendrez la route que demain matin.

– Je...

– Croyez-vous que je vais vous laisser repartir dans cette tempête ? Ce serait criminel de ma part.

Confus, gêné de s'imposer, William rougit jusqu'aux oreilles.

– Je ne sais comment vous remercier.

– Alors, ne dites rien.

Elle lui montra un canapé.

– Les radiateurs ne fonctionnent plus dans les chambres – toujours la tempête –, vous dormirez dans le salon, je vous apporterai des couvertures.

– Et vous ?

– Je m'arrangerai avec un chauffage d'appoint.

– Vous êtes très gentille, mademoiselle... Mademoiselle comment, au fait ?

Bizarrement, elle sembla réfléchir, comme si elle avait oublié son nom.

– ... Tout le monde m'appelle mademoiselle Amandine... C'est facile à retenir.

Sur un nième sourire, elle s'éclipsa, revint peu après avec une bouteille poussiéreuse.

– Voilà ! En retour, je vous demanderai de l'ouvrir, j'ai horreur de faire ça.

Il acquiesça, la prit, épousseta l'étiquette, se figea, embarrassé par ce qu'il lisait.

– Non... Je ne peux pas accepter.

– Pourquoi, il est mauvais ?

– Au contraire... Un armagnac de 1936 ne peut qu'être exceptionnel.

– Ah ! Et c'est quoi le problème ?

– Votre méconnaissance de l'alcool. Ce millésime est une pièce rare, hors de prix... Pardonnez ma franchise, mais je préfère être honnête que poli.

Son rire résonna dans le salon, presque goguenard.

– Détrompez-vous, monsieur Larus, je suis moins gourde que j'en ai l'air.

– Comment ? Vous savez ce que ça vaut ?

– Parfaitement, et je m'en fiche...

Une étincelle de malice dans la prunelle, elle lui tendit un tire-bouchon.

– Bon, assez discuté, faites-moi plaisir : débouchez-la...

– ... Est-ce bien raisonnable ?

– Ma cave en est remplie, dans un siècle elle seront toujours là.

Fin du débat, il s'exécuta, se servit, savoura le nectar, installé devant les bûches qui crépitaient. Instant magique que son hôtesse respecta, silencieuse, amusée par ses mimiques.

– Le trouvez-vous bon ? s'enquit-elle quand il reposa son verre.

– ... Bon est un euphémisme... Non : c'est une insulte.

– Tant mieux, heureuse qu'il vous plaise.

D'un bond, elle sauta au centre du salon, se mit à marcher, le questionna en hochant le menton, sur le même ton suave.

– Je pense qu'il est temps que vous vous présentiez, monsieur Larus... Qui êtes-vous ? D'où venez-vous ? Que faites-vous dans la vie ? Que vous est-il arrivé ?

Un autre saut, elle s'assit face à lui.

– Racontez-moi tout, dans les moindres détails, ce sera votre façon de me remercier, puisque vous y tenez tant.

– Vous faire la conversation ne sera pas cher payer.

– Détrompez-vous : plus personne ne me parle.

– Pourquoi, Grand Dieu ? Souffrez-vous d'une maladie contagieuse ?

– Pire : je fais peur aux autres.

– Pff ! Ce sont des imbéciles, moi, je vous trouve charmante.

– C'est gentil, « charmante », les gens du coin disent plutôt : « charmeuse ».

Sa réplique l'étonna, William tenta d'en décrypter le sens.

– Dois-je traduire par sorcière, chiromancienne, jeteuse de sorts ?

– Mm... C'est plus compliqué que cela...

D'un mouvement de main, elle balaya les fâcheux.

– Passons, oublions les ragots. A vous, maintenant, je vous écoute.

L'histoire de sa vie se limitait à des événements simples. Mais pour plaire à Amandine, William les truffa d'anecdotes. Il lui raconta ses bêtises d'enfance, ses facéties d'étudiant, les aléas de ses débuts, glissa sur son métier, ses espoirs, ses réussites, ses échecs, confidences que la jeune fille savoura avec un incroyable intérêt, acheva sa narration sur son accident, sa course dans la neige, la chance qu'il avait eue de la rencontrer.

Quand il en eut fini, longtemps après, elle remplit son verre d'armagnac.

– Tenez, monsieur Larus, vous l'avez mérité.

– Arrêtez ! Je vais rouler sous la table.

– Une fois n'est pas coutume.

– Je ne bois que rarement.

– Alors, profitez-en.

Il capitula. L'alcool roula dans sa gorge, monta dans son cerveau, passa entre ses prunelles. Les meubles commencèrent à valser autour de lui.

– Pour votre voiture, relança Amandine, vous trouverez une pelle dans la cabane à outils, à droite de la maison. Vous n'aurez qu'à la prendre.

– C'est fort aimable, mademoiselle, j'en prendrai soin.

– En retour, je vous demanderai un service.

– Avec plaisir. Dites-moi lequel ?

– Celui de la rapporter sans me réveiller. Comme vous le voyez, je me couche très tard, ce qui signifie que je suis tout, sauf matinale.

– Comptez sur ma discrétion.

D'un battement de cils, elle le remercia, se leva, se dirigea à pas lents vers les fenêtres, entrouvrit les rideaux. La neige continuait à tomber, le vent soufflait de plus en plus fort, spectacle titanesque qu'elle contempla en caressant son collier noir.

– Mademoiselle Amandine...

– Oui.

– Puis-je à mon tour vous poser une question ?

– Faites.

– Vous vivez seule, ici ?

La demande de William lui extirpa un soupir. Sans un mot, elle abandonna la tempête, s'avança au milieu du salon, s'arrêta devant un buffet, lui montra des cadres qu'elle y avait posés.

– Seule, non... J'y habite, entre autre, avec mes souvenirs.

D'une main tremblante, elle choisit une photo, celle d'un couple souriant, l'embrassa tendrement, triste aux larmes.

– Mes parents.

La suite était facile à deviner, William s'en voulut d'insister.

– Où se trouvent-ils ?

– Au cimetière, monsieur Larus. Ils ont eu un accident le lendemain de mes dix-huit ans. C'est ainsi que j'ai hérité de cette grande baraque avec tout ce qu'elle contient.

– Désolé, je l'ignorais.

– Ne vous excusez pas.

Du coup, William comprit la cause de ses insomnies, sa volonté de conserver ce décor, l'origine de la richesse de sa cave, et surtout, celle de la médisance des gens : une jeune fille seule, dans une demeure immense, où elle entretient l'esprit de ses morts, ne peut que sentir le soufre... La campagne ne changera jamais...

Quel gâchis, songea-t-il, pourquoi se cloîtrait-elle ? Elle était jeune, belle, à l'aurore de la vie !

– Vous ne fréquentez personne ?

Ses yeux se plantèrent dans les siens, durs, glacés – une réaction de méfiance.

– Que cherchez-vous à savoir, monsieur Larus ?

– Si vous avez des amis, si vous sortez, si vous prenez le temps de vous amuser.

– ... Je vois...

Ses doigts grêles saisirent une seconde photo. Un jeune homme en tenue de tennisman, bronzé, heureux, plein de charme, fixait l'objectif.

– Mon fiancé, Frédéric.

– Ah !... Charmé de le connaître.

Nonchalante, elle gagna le piano, y posa le cadre, s'assit devant le clavier, fit couler quelques arpèges avant de poursuivre.

– Nous nous sommes rencontrés après le décès de mes parents. Je préparais le conservatoire, lui achevait ses études. Il est géologue.

– Joli métier.

– Passionnant, même... Entre nous ça a été le coup de foudre. Nous avons vécu ensemble pendant deux ans.

Elle s'interrompit, piqua deux notes, renversa sa nuque, mélancolique.

– C'est tout ? s'étonna-t-il, votre histoire s'arrête là ?

– Non... Dès qu'il a obtenu son diplôme, Frédéric m'a demandée en mariage.

– Formidable ! Et vous lui avez dit ?

– Oui, bien sûr... Frédéric est l'homme de ma vie.

William respira, la situation n'était pas aussi sombre qu'il le croyait.

– Voilà une excellente nouvelle !... Et à quand la noce ?

En réponse, elle plaqua des accords dissonants, rageurs, violents.

– A jamais ! monsieur Larus.

– Hein ?

– Frédéric a été tué en novembre, un mois avant la cérémonie.

Retour brutal à la tragédie.

Comment gérer ce drame ? Que dire à sa souffrance ? William chercha des mots apaisants, des phrases de réconfort qu'il n'eut pas le temps de trouver, Amandine achevait son récit.

– C'était sa première mission, il en crevait de joie... Recherche minière dans l'Atlas, un petit chantier... Ses artificiers ont commis une erreur, la charge a explosé trop tôt. Il n'y a eu aucun survivant, toute l'équipe a été fauchée sur le coup.

Elle s'interrompit, frappa des poings sur les touches.

– Je comprends les gens qui me détestent ! Je porte malheur à ceux que j'aime !

Accords infernaux, cacophonie assourdissante ; William se boucha les oreilles, la supplia.

– Par pitié, mademoiselle, arrêtez !... Ça ne sert à rien de vous énerver...

Hagarde, tremblotante, Amandine suspendit son mouvement, le regarda, le visage blême, l'air navré. D'un geste machinal, elle frôla son collier de velours, se racla la gorge, exprima des regrets.

– Pardon... Je perds la tête quand j'en parle.

– Je vous en prie. J'imagine ce que vous ressentez.

L'émotion lui grignotait les entrailles, il remplit son verre pour la chasser, le but d'un trait, réalisa qu'il avait presque vidé la bouteille.

– Et moi, comment m'excuser ? Je pille votre cave.

– Inutile de culpabiliser, je vous ai mis à l'aise.

L'alcool commença à lui embuer le cerveau, à lui alourdir la langue, à mélanger ses idées. William combattit ses effets pour la convaincre de revivre.

– Vous devriez quitter cette maison.

– Pour aller où ?

– Loin de ces souvenirs, la solitude est mauvaise conseillère.

Retournement inattendu, elle se mit à rire, d'une manière gaie, heureuse, se redressa sur son tabouret, soudain joyeuse, comme inondée de bonheur.

– Mais je ne vous ai jamais dit que j'étais seule.

Annonce pour le moins surprenante ! Du coup, il chercha partout les signes d'une présence.

– Quelqu'un habite avec vous ?

– Bien sûr : Frédéric... Il vient toutes les nuits, il suffit que je l'appelle pour qu'il me rejoigne.

Dehors, la tempête se déchaîna, les fenêtres tremblèrent, le vent entonna un chant propre à glacer le sang. William avala une nouvelle dose d'armagnac pour surmonter sa peur. Cette fille était folle, malade, il fallait la faire soigner.

– Me croyez-vous, monsieur Larus ?

– Oui, chuchota-t-il timidement.

– Je n'en ai pas l'impression.

– Vous vous trompez.

– Que non, je le sens bien...

Agacée, elle haussa les épaules.

– Puisque vous êtes sceptique, je vais vous en donner la preuve.

Elle se tourna vers le clavier, l'effleura, une valse s'en échappa.

– Chopin... Frédéric l'adore, sans doute parce qu'ils ont le même prénom.

– C'est probable.

– Dès que je joue ce morceau, il se manifeste, je sens sa présence, je lui parle.

Les notes se succédèrent, parfaites, sans accroc.

– Ecoutez là-haut, monsieur Larus... Il arrive...

Ambiance irréelle, résonnance fantastique, il lui sembla entendre des pas à l'étage, pesants, réguliers, macabres.

– C'est ce passage qu'il préfère, il ne manque jamais de l'applaudir.

Etait-ce l'alcool qui déformait sa vue ? William vit les murs onduler, les meubles osciller, les tableaux se balancer.

Effrayé, le front en sueur, il se ratatina dans son fauteuil, incapable de crier.

– Oui, mon chéri, murmura Amandine, moi aussi je t'aime.

Les triples croches se mêlèrent à des soupirs, à des râles venus d'ailleurs, les cadres tombèrent, les rideaux tournoyèrent, le salon tout entier pirouetta.

– Je serai toujours à tes côtés, pour l'éternité.

Puis le sol vibra, comme si quelqu'un cherchait à en sortir.

Le cerveau de William se liquéfia, son cœur s'arrêta de battre, ses membres se paralysèrent.

A quoi attribuer ce qui suivit ?

Au stress de la conduite ?

A son accident ? A sa course dans la neige ?

A l'armagnac ? A la chaleur de la cheminée ?

Ou au mélange du tout ?

S'endormit-il ? Perdit-il connaissance ?

Le fait est que William ferma brusquement les yeux.

Plus un bruit, plus une note.

Un rayon de soleil taquina le dormeur. Il se réveilla en nage, la tête lourde, sur un spasme.

– Qu'est-ce que c'est ?

Juste un affreux mal de crâne...

Il se massa les tempes. Près de lui, une bouteille éclaira l'origine de sa gueule de bois.

– Aïe ! Je n'ai pas fait semblant.

Il se rappela soudain de sa soirée. Son souvenir le fit frissonner. Il en eut la chair de poule, puis se ressaisit, se contrôla, observa la pièce en détail... Aucune lézarde sur les murs, cadres et meubles étaient à leur place...

– Imbécile ! L'alcool t'a assommé, tu as fait un cauchemar.

Ces événements n'étaient qu'un vilain rêve, la conséquence d'une soûlerie.

Il en verdit de honte.

– Mais je vais passer pour qui ?

Attitude inqualifiable, son hôtesse méritait plus d'égards. Il s'en voulut, chercha à réparer son inconduite.

– Je vais lui présenter des excuses.

A la hâte, il réunit stylo et papier, griffonna quelques mots, remercia Amandine pour son accueil, la pria de pardonner ses écarts, lui laissa ses coordonnées.

– Si elle veut me rappeler, elle a mon numéro... On verra bien...

Geste insuffisant, il se promit de lui envoyer des fleurs.

– Un gros bouquet, c'est le moins que je puisse faire.

Un coup d'œil à sa montre ; il était tard. Sans bruit, il ramassa ses affaires, se rhabilla, sortit.

Plus de tempête, le soleil brillantait la neige, le ciel affichait un bleu triomphal, la journée s'annonçait exquise.

La cabane à outils se trouvait à droite comme indiqué. Il y prit une pelle, se mit en marche, rejoignit sa voiture, soulagé de la retrouver intacte.

– Finalement, tu as tenu bon, lança-t-il au frêne.

Il rangea son sac dans le coffre, retroussa ses manches, se mit à dégager son véhicule. Un quart d'heure après, il démarra du premier coup.

– Ouais ! La chance tourne !

Sur quoi il se mordit la langue.

– Mince ! j'ai parlé trop tôt...

L'un des pneus était voilé, il fallait qu'il le montre à un garagiste.

– Nevers attendra...

Résigné, il roula doucement jusqu'à la propriété d'Amandine, se gara, descendit, découvrit que sa demeure portait un nom.

– « L'Ermitage »... Ça lui convient à merveille...

En remontant vers la maison, il constata que les volets étaient clos. La jeune fille dormait encore.

Il rangea donc la pelle sans chercher à la revoir...

Le village le plus proche était à sept kilomètres, une distance qu'il parcourut prudemment. A son grand soulagement, passé les premières maisons, il avisa un garage ouvert, s'y arrêta, entra dans un bureau où une femme l'accueillit. Entre deux âges, forte, grisonnante, elle lui décocha un sourire avant de formuler un « que puis-je pour vous ? » très commerçant.

William lui raconta son accident, l'invita à venir voir sa voiture, lui montra les dégâts qu'elle découvrit avec une grimace.

– Vous avez bien fait d'attendre. Dans la tempête, vous y auriez laissé votre peau.

– C'est ce que j'ai constaté.

Après la mécanique, la brave dame s'inquiéta du conducteur.

– La nuit n'a pas dû être drôle.

– Ça va, j'ai eu de la chance, j'ai pu trouver asile sur le plateau.

– Où ça ?

– En haut d'une grande côte, dans une propriété qui a pour nom « L'Ermitage ».

Sidérée, la femme eut un mouvement de recul.

– « L'Ermitage » !... Vous êtes sûr ?...

Ses yeux s'écarquillèrent à s'en décoller les rétines.

– Ne me dites pas que vous avez dormi chez mademoiselle Amandine ?

– Si... Vous la connaissez ?

– Comme tout le monde dans le pays.

– Ah !

– Et sa maison était ouverte ?

– Bien entendu, je ne l'ai pas forcée.

– Bouh ! Ben, vous avez eu du courage... Moi, je ne serais jamais entrée dans cette baraque.

William s'étonna de ses réticences.

– Pourquoi ça ?

– Fichtre ! Se réfugier chez une morte, il faut avoir le cœur bien accroché.

– Une morte ?

– Comment ? Vous ne savez pas ?

– Mais de qui parlez-vous ?

– De mademoiselle Amandine, pardi ! La pauvre s'est suicidée il y a deux mois, elle n'a pas pu supporter la disparition de son fiancé.

On avait retrouvé la jeune fille pendue près de son piano.

Un vieillard sur sa chaise, assis dans son jardin

Sur les bords de la Saône, à deux pas de Tournus, Maxime Quillardin posa enfin son sac. Un retour au pays après un long exil.

A trente-six ans, cadre dans une banque, il revenait chez lui pour ouvrir une agence – un choix de vie, une opportunité qu'il n'avait pas laissé filer.

Dès qu'il fut nommé, il vendit son appartement à Paris, se mit en quête d'une maison, avec de l'espace pour ses enfants, pas trop loin de la ville, de préférence ancienne : le moderne lui sortait par les yeux, il en avait soupé.

A la joie de sa famille, il la trouva dans un petit village, tranquille, fleuri, qui tutoyait le fleuve.

Un renouveau. Il s'y installa à Pâques.

De ses fenêtres, il suivait la course lente des péniches, admirait les monts du Mâconnais, distinguait les plaines de la Bresse, et, surtout, observait son voisin.

Un vieillard sur sa chaise, assis dans son jardin.

Quels que soient l'heure ou le temps, l'homme était toujours là, planté au milieu de ses légumes, statufié, solitaire, un chapeau de paille sur ses cheveux blancs.

A part ses rides, son nez busqué, ses lèvres tordues, Maxime était en peine de le décrire. Le vieux ne bougeait jamais, vissé sur son siège, arc-bouté sur sa canne, vrillé à un cerisier qu'il ne quittait pour rien au monde.

Les piques du soleil avaient beau l'attaquer, il demeurait près de son arbre, imperturbable. La pluie venait-elle à tomber ? Il ouvrait un parapluie au lieu de courir à l'abri.

Ce bout de potager était son univers, il n'en décollait pas, de l'aube au crépuscule, et parfois au-delà.

Les mois passant, semaine après semaine, outre ses manies, Maxime découvrit l'entourage de son curieux voisin.

Pour le quotidien, une femme lui faisait ses courses, son ménage, lui préparait ses repas. Le midi, elle lui amenait son déjeuner qu'il picorait, inexorable, dans son quartier de choux, avec une économie de mots.

Un adolescent entretenait son jardin. Le garçon passait tous les soirs pour l'arroser, le biner, le tailler. Aux récoltes, il repartait avec des paniers pleins. Le vieil homme refusait d'y toucher – et ne lui parlait pas davantage.

Rien ne comptait plus pour ce vieillard que de rester sur sa chaise, seul, dans le silence, cloîtré entre ses murettes.

A force de l'étudier, Maxime le compara à un sphinx.

Et Sylviane, son épouse, à un fou.

– Il me fait peur.

– Pourquoi ? Ce bonhomme est d'un calme angélique.

– Il n'empêche que je m'en méfie.

– Que veux-tu qu'il te fasse ?

– A moi, rien, je crains pour les enfants.

– Tu crains quoi ? Il est à moitié paralysé.

– Raconte ce que tu veux, j'ai un pressentiment.

Elle refusait d'en démordre : ce vieux était malsain, son sixième sens le lui disait.

L'occasion de mesurer le danger s'offrit en juin, une partie de volley força Maxime à l'affronter de près.

Sur une passe malheureuse, son fils envoya le ballon au loin, sa fille ne put le bloquer, il s'envola au-dessus du mur, atterrit dans la propriété du vieillard. Catastrophe, *casus belli*, les gamins se changèrent en statues de sel.

– Pardon, papa, j'ai pas pu l'arrêter, s'excusa l'aînée.

– Ce n'est rien, ma grande, je vais aller le chercher.

– Chez le malade ? s'épouvanta le cadet.

– Tu exagères, il est peut-être gentil, ce monsieur.

Le regard de Sylviane le mit en garde.

– Fais attention à toi.

Stupides appréhensions. Que pouvait-il redouter d'un impotent ?

Il sortit, remonta le sentier qui séparait sa maison de celle du vieillard, lut son nom sur sa boîte aux lettres, s'étonna de ne pas l'avoir fait plus tôt, continua de marcher, l'aperçut, comme il s'y attendait, assis près de son arbre, le ballon à trois mètres de sa chaise.

– Bonjour, monsieur Ravat ! Pardon de vous déranger, je viens récupérer le ballon de mes enfants.

Aucune réaction, le vieux ne le voyait même pas, dévoré par ses pensées.

– J'espère qu'ils ne vous ont rien cassé ?

Pas de réponse, il n'entendait que ses plantes, fermé à ses semblables.

Maxime s'enhardit, poussa la grille, fit quelques pas vers lui.

– Ne vous effrayez pas, je le prends et je m'en vais.

Il avait beau lui parler, Ravat n'en avait que fiche, ailleurs, dans sa galaxie privée. En se rapprochant, Maxime vit qu'il remuait les lèvres. Lui disait-il quelque chose ? Il tendit l'oreille, l'écouta, surprit son soliloque.

– Les merles ont encore mangé des cerises. Mais que veux-tu, je les ai laissés faire, il y en a plus qu'il n'en faut. Ils m'ont d'ailleurs remercié, d'un chant très joli.

Penché vers la terre, le vieillard dodelina de la tête.

– ...Oui, c'est une journée comme tu les aimes, avec un vent léger, celui des monts, le plus frais de tous... La soirée sera tiède.

Que faisait-il là sinon violer son intimité ?

Confus, Maxime l'abandonna, son délire ne regardait que lui, le vieux avait le droit de causer à ses pois, à ses fleurs, à son arbre, sans témoin pour s'en moquer.

Rentré chez lui, il raconta la scène à sa femme. Son récit balaya ses angoisses. Dès lors, Sylviane ne vit plus chez Ravat qu'un doux dingue, un rêveur, un poète.

Les jours suivants, l'intérêt de Maxime s'amplifia pour son voisin.

A la vérité, ses discours lui purifiaient l'esprit, il en oubliait ceux de la finance.

Après son travail, le soir, il s'arrangeait pour l'observer de près, surprenait une confidence à ses dahlias, un regret à ses roses.

– C'est une année à hannetons. Les gens les tuent. Je ne comprends pas pourquoi. C'est gentil, les hannetons, ça ne pique pas. Et puis, si le Bon Dieu les a créés, c'est qu'ils servent à quelque chose.

D'un humanisme étrange, tendrement uni à sa terre, le vieux lui parlait d'amour, de beauté, de charité, radieux de voir des gens heureux.

– Le gamin est reparti avec plein de fraises. Ça m'a fait plaisir, il s'est donné de la peine, son petit frère va pouvoir en manger, les parents ont pas beaucoup de sous.

Des paroles généreuses, un langage poétique...

Le vieux n'avait que du bonheur aux lèvres.

L'été passa ainsi, sans que Ravat ne bouge d'un pouce, toujours sur sa chaise, assis dans son jardin.

Puis les premiers nuages de l'automne assombrirent le ciel.

Septembre eut beau souffler, il ne changea rien à ses habitudes. Ni le froid ni la pluie ne le firent replier, le vieil homme s'habilla plus chaudement, se protégea un peu mieux, enchaîné à son cerisier.

En fin de mois, le temps se gâta brusquement.

Trois jours durant, un orage féroce, aux airs d'apocalypse, martela le pays.

Dans la tourmente, un dimanche, Maxime vit le vieux immobile, trempé jusqu'aux os. Il eut pitié de lui, lui porta des vêtements, franchit son portail, l'entendit consoler la nature, s'arrêta dans son élan, mortifié de briser sa rêverie.

– Ce ne sont que quelques gouttes, elles ne vont pas te déranger. Et puis les racines ont soif, ça leur fait du bien, il en faut pour tout le monde.

Il dialoguait avec le ciel. On ne dérange pas un homme qui parle aux anges... Maxime fit donc demi-tour.

Pourtant, il fut bientôt forcé de le bousculer.

On entrait en octobre, les orages se succédaient.

La Saône connut une crue historique, ses vagues bouillonnèrent, quittèrent leur lit, se déversèrent sur les berges, inondèrent les maisons les plus proches. Celle de Maxime, perchée en hauteur, fut épargnée. A contrario, celle de son voisin, en contrebas, ne put échapper au sinistre. En se réveillant un matin, il découvrit le vieux sur sa chaise, à moitié immergé, insensible au danger.

Spectacle bouleversant, Maxime appela les secours, se précipita vers l'inconscient, tenta de le raisonner, en vain. Les pompiers ne purent davantage le convaincre, à peine parvinrent-ils à lui arracher deux mots – un souhait, une plainte, une supplique.

– Il faut partir, monsieur Ravat.

– Laissez-moi...

– Non, c'est trop dangereux.

– Laissez-moi...

– Tant pis, on vous emmène.

Ils le soulevèrent avec sa chaise, le portèrent, assis, jusqu'à un chemin sec, le posèrent dans leur camion, le sanglèrent, sans chercher à le dissocier de son siège. Choqué par le procédé, Maxime s'en ouvrit à leur chef, le lieutenant Boqueteau.

– Trouvez-vous normal de l'attacher comme un bœuf?

Herculéen, la quarantaine, l'homme découvrit une dentition carrée.

– Pour lui, oui.

– Ah... Et pourquoi lui?

– Parce que je ne veux pas qu'il meure en route. Sans sa chaise, il est perdu.

– D'accord, s'inclina-t-il, je vois que vous le connaissez bien.

– Depuis des années, monsieur, j'étais en classe avec son fils.

– Son fils?

– Richard Ravat... Et vous, vous êtes qui?

Maxime se présenta. Boqueteau le félicita.

– Merci de nous avoir prévenus. Sans votre coup de fil, on l'aurait retrouvé noyé.

– C'est possible.

– Non : c'est certain.

Il passa outre les compliments du pompier, intrigué par ce qu'il venait d'apprendre.

– Notre rêveur a donc un fils... Bizarre, pourquoi a-t-il abandonné son père ?

Le lieutenant soupira.

– Pour la bonne ou mauvaise raison qu'il est mort.

– Ah ! Pardon, je n'étais pas au courant.

Cette révélation le troubla : être si proche de quelqu'un et ne pas le connaître ; sur ce plan, la campagne égalait la ville.

– Curieux... Je réalise que j'ignore tout de mon voisin. Tout ce que je sais de lui, c'est qu'il ne décolle jamais de son jardin, une vraie folie.

– C'est le mot juste, monsieur, le vieux est fou, la vie ne l'a pas épargné, ses coups l'ont rendu bredin.

– Que lui est-il arrivé ?

Le lieutenant dût d'abord donner des ordres. Ceci fait, il revint vers Maxime.

– Une succession de malheurs après beaucoup de joie. Ça a commencé le jour où il a été papa, à quarante ans passés. Il s'était marié sur le tard.

– Avec une femme plus jeune, je suppose.

– Et très belle également... Richard a été l'enfant de la Providence, Ravat n'en espérait plus, il est devenu dingue de son fils.

– Je comprends... Et il est mort comment ?

– En Afrique, dans une sale guerre.

– Il s'était engagé ?

– Affirmatif, il y a une vingtaine d'années, après le décès de sa mère... Un cancer foudroyant, dépisté trop tard... Richard en a voulu à son père, ils se sont disputés – une histoire idiote.

Résultat, il a claqué la porte.

– Je vois : pour se retrouver sous les drapeaux.

– Et dans une petite boîte, en mille morceaux, avec ses copains. Une boucherie, l'armée n'a pas pu faire le tri, on les a enterrés ensemble.

Médaille, honneurs à titre posthume, rien n'avait pu consoler Ravat, il s'était enfoncé dans la démence, seul avec son chagrin.

Boqueteau s'apprêta à repartir, Maxime lui posa une dernière question.

– A votre avis, lieutenant, pourquoi est-il toujours rivé à son cerisier ?

– Mm... Sans doute parce que que Richard aimait jouer dans ce coin. Je venais souvent l'y rejoindre, on s'entendait bien.

Le gyrophare tournoya, la sirène hurla, le pompier le salua.

– Une urgence, je dois y aller.

Ils se quittèrent en se promettant de se revoir.

Dans les semaines qui suivirent, le temps redevint clément, le fleuve s'assagit, l'eau se retira, la vie reprit un cours normal.

Une équipe de la mairie vint nettoyer la maison de Ravat. Maxime n'avait aucune nouvelle de lui. Les médecins, par prudence, devaient le garder au chaud.

Les semaines s'écoulèrent, l'hiver se pointa, et avec lui les premiers flocons.

Les enfants de Maxime s'en donnèrent à cœur joie, ils n'avaient jamais fait de bonhomme dans un jardin à eux, ni de bataille de boules de neige. Du matin au soir, pendant les vacances de Noël, ils restaient dehors, comme s'ils avaient du bonheur à rattraper.

C'est ainsi qu'un beau jour, tout excité, son fils vint prévenir

Maxime. Le garçon bégaya.

– Papa ! Le, le, le voisin !

– Quoi, le voisin ?

– Il est de retour !

Maxime laissa tomber son journal, grimpa à l'étage pour le voir de sa fenêtre.

Le vieux était bien là, gelé sur sa chaise, transi de froid, immobile sous son arbre, résolu à ne plus en être séparé.

– Me revoilà, l'entendit-il, je suis à nouveau avec toi. Et pour toujours, je te le jure.

Son entêtement confinait au suicide, Maxime s'en émut, appela Boqueteau pour l'alerter, il fallait agir au plus vite. Hélas, le lieutenant ne put rien.

– Ravat est légalement sain d'esprit, monsieur Quillardin, au nom de quoi puis-je intervenir ? Je ne peux qu'en référer au maire.

Ce qu'il promit de faire dès le lendemain.

La nuit passa dans l'angoisse, Maxime se leva plusieurs fois pour surveiller le vieux. Par chance, il était rentré, la pénombre gâchait son plaisir.

Les lueurs du jour chatouillèrent la maisonnée, les enfants sortirent du lit avant leurs parents, déjà prêts à jouer dans la neige.

Ce fut sa fille qui l'alerta pendant qu'il buvait son café.

– Papa, viens voir, ça a l'air grave.

– Quoi encore ?

– Le vieux... Il ne bouge plus.

A la hâte, Maxime enfila un blouson, ordonna à ses enfants de rester près de leur mère, se précipita chez Ravat, entra dans son jardin, courut vers lui, constata son décès.

Blanc, aussi froid que la neige, le vieux souriait de sa blague.

Plus jamais on ne l'obligerait à quitter son jardin.

Il en était parti à sa manière, pour un monde que l'on prétend meilleur.

Un quart d'heure après, pompiers et gendarmes furent sur place.

– Je l'ai pourtant surveillé, s'en voulut Maxime, mais il y a un moment où je me suis endormi. Il a dû se lever aux aurores, je ne l'ai pas aperçu.

– Vous avez fait tout ce que vous pouviez, le réconforta un adjudant, et puis je crois qu'il en avait assez.

– C'est vrai, insista Boqueteau, vous ne pouviez lutter contre son désir de mourir.

On emmena la dépouille de Ravat.

Puis sa femme de ménage arriva.

Elle pleura abondamment, on la consola, on lui offrit une goutte de marc.

Dès qu'elle se sentit mieux, elle sortit un trousseau de clés, en décrocha une minuscule, la montra à l'assistance.

– On se parlait pas beaucoup avec monsieur Ravat, il m'a quand même confié un secret. Il m'a dit que quand il serait mort, il faudrait que j'ouvre le petit coffre qu'il a rangé dans le vaisselier. C'est là-dedans qu'il a caché ses dernières volontés.

Etait-ce bien légal d'en prendre connaissance ? L'adjudant affirma que oui, surtout en sa présence, et devant des témoins dignes de foi. Il s'y employa donc, dans un cérémonial pompeux.

Il en extirpa un testament. Ravat léguait ses biens à des œuvres et quelque argent à ceux qui l'avaient servi.

La femme en pleura d'émotion.

Puis l'adjudant sortit une enveloppe blanche, sur laquelle le défunt avait écrit : « A lire en public, à haute voix quand je ne serai plus là ».

– Pardonnez-moi, mais je n'ai pas mes lunettes, s'excusa-t-il. Si vous voulez bien nous en faire lecture, monsieur Quillardin...

Maxime l'ouvrit, déplia le papier, se mit à le lire...

« A toutes et à tous, pardon pour ma faute.

« Je jure que ça a été involontaire, c'est pourquoi je pense que vous exaucerez mes dernières volontés, j'ai jamais voulu faire de mal.

« Voilà mon histoire.

« Mon fils, Richard, n'a pas aimé l'armée. Et encore moins la guerre.

« Il s'en est voulu d'avoir signé. Trop tard, hélas.

« Alors, quand son unité a été massacrée sous les obus, et qu'il s'en est sorti par miracle, il a décidé de s'enfuir. Tout le monde l'a cru mort.

« Moi de même, jusqu'à ce qu'il réapparaisse un soir à la maison.

« Il était déserteur, mais je m'en foutais puisqu'il était vivant.

« J'ai voulu le cacher, il a refusé, il voulait partir en Argentine.

« Du coup, on s'est fâchés, je l'ai frappé avec ma canne, et là, je l'ai tué.

« Oui, j'ai tué mon fils, mon fils adoré, par accident. Dieu me pardonne.

« Quant aux humains, qu'ils me fassent la grâce de m'enterrer avec lui.

« J'ai enfoui son corps près du cerisier, là où je ne l'ai jamais plus quitté.

« Là où je lui parlais tous les jours. »

En vieillard sur sa chaise, assis dans son jardin...

Le jeune homme en blanc

Il neigeait sur Mâcon. La Saône se parait de glace.

Terrible hiver, la ville se battait contre le froid.

Le matin, à l'heure de pointe, on roulait mal sur les berges, les conducteurs redoublaient de prudence, dans une injustifiable hystérie, puisque, à l'observer de près, le quai Lamartine était fort bien sablé.

– Avance ! nom d'un chien.

En d'autres circonstances, Martial Legrand aurait patienté sans maudire son prochain, mais ce jour-là il n'en avait pas les moyens, pressé par le temps, contrarié par la neige, la lenteur du trafic, la course des aiguilles.

Monsieur Durvin-Bonot l'attendait.

– Fonce, bon sang ! C'est vert !

Le chauffeur incriminé ne pouvait l'entendre. Martial le vit tendre le cou pour mesurer le danger.

– Abruti ! On va se retaper un feu rouge !

Trop tard, trop mou, trop peureux, l'empoté laissa passer trois véhicules devant le sien. Le ventre en compote, Martial les suivit du regard, ils atteignaient déjà le pont Saint-Laurent. Encore une hésitation de ce genre et il arriverait en retard. Pourtant, il était parti très tôt de Vergisson, conscient des difficultés qu'il rencontrerait. Dès qu'un flocon tombe, la circulation se gèle.

– Mon ange, murmura-t-il, mon cher ange gardien, je ne vous ai jamais prié, parce que je n'ai jamais cru en vous, mais si vous existez, je vous supplie de m'aider. Faites en sorte que je sois à l'heure à mon rendez-vous.

Cette entrevue était celle de l'espoir.

Depuis six mois Martial cherchait du travail, or, bonheur suprême, Durvin-Bonot lui proposait un poste, en CDI, dans une société d'assurances, du solide, une véritable renaissance : malade du chômage, il évitait de croiser les yeux de ses enfants, n'osait plus toucher Evelyne, persuadé qu'elle le méprisait.

Il voulait ce boulot, sa vie en dépendait.

Le feu revint au vert. Devant lui, le lambin tarda à enclencher la première.

– Allez ! imbécile, un bon mouvement. Et vous, mon ange, bousculez-le, sacré nom !

L'ange n'en fit rien, le ton de la prière lui déplaisait sans doute.

Comble de tout, la situation s'empira, le traînard cala en changeant de vitesse, des conducteurs en profitèrent pour déboîter devant lui ; pire encore, la neige tomba subitement à verse, encore plus drue, une catastrophe.

– Ça va, fit-il, j'ai compris, tu n'existes que dans les livres.

L'ange s'effaça de son présent.

Un jeune homme lui prit sa place.

D'où émergeait-il ? On eût dit le Petit Prince en un peu plus âgé.

Interdit, Martial le vit s'arrêter devant sa voiture, tout de blanc vêtu, en costume d'été, insensible au froid, rose et poupin, bouclé de blond, porteur d'un sourire éclatant.

L'inconnu promena sur lui des yeux turquoise, longuement, fixement, sans parler, toujours en souriant, se pencha sur le capot, tendit la main, frôla le pare-brise, puis, soudain, d'un geste sec, arracha les essuie-glaces. Son forfait accompli, il s'enfuit aussitôt.

Le monde s'écroula, Martial vit s'envoler son CDI, la neige brouiller son horizon, l'horloge avancer dangereusement. 8 h 25, il lui restait trente-cinq minutes avant son entretien. Durvin-Bonot ne pardonnerait aucun retard.

Que faire ? Courir après ce salaud pour lui flanquer une avoine ?

Il y avait plus urgent, son job avant tout !...

Sous les invectives, Martial sortit de sa voiture.

– Vous n'allez quand même pas laisser votre voiture sur la chaussée ?

Jouer contre le temps, tenter l'impossible, prendre le dessus...

– Vous êtes pressée, madame ?

– Je travaille, moi, monsieur.

– Eh bien, vous avez de la chance.

Furieux, un gros homme s'extirpa d'un 4x4.

– C'est vrai, ça ! Vous bloquez la circulation !

Colère partagée par un vieillard outré.

– Votre attitude est inadmissible !

– La faute à qui ? leur rétorqua Martial, regardez ce que m'a fait ce débile !

Blême de rage, il exhiba ses essuie-glaces.

Une voie de fait ? Ça changeait tout. De délinquant il devint une victime.

– Que vous est-il arrivé ? modula le ventru.

En deux mots, il leur raconta l'incident, décrivit le physique de son agresseur, détailla son étrange accoutrement. Atterrés, les rouspéteurs se calmèrent, leur vindicte se mua en propos indignés.

– Faut être tordu pour faire un truc pareil ! se révolta la conductrice.

– Le petit con ! s'exclama l'obèse.

– Il mériterait une bonne correction, fulmina l'homme âgé.

Maints couplets sur les incivilités s'ajoutèrent à leurs griefs, assortis de punitions inédites, sanctions qu'ils inventèrent dans la foulée.

Leur compassion toucha moins Martial que leur cécité : ils n'avaient rien vu ! Rien du tout ! Le jeune homme en blanc était passé entre leurs voitures sans qu'ils le remarquent.

– Je guettais le feu, s'excusa la femme.

– Je bidouillais ma radio, regretta le gros.

– Je discutais avec mon épouse, déplora le vieux.

Des conducteurs se mêlèrent au concert sans témoigner davantage. Ils regardaient tous ailleurs au moment de l'agression.

8 h 33. Martial pouvait encore être à l'heure.

– Donnez-moi un coup de main, je vais me garer le long du quai.

La solidarité opéra aussitôt. On arrêta la circulation, on déblaya la neige de son pare-brise, on guida la manœuvre.

– Merci, fit-il en claquant la portière.

– Pas de quoi, lui répondit l'homme au 4x4.

Une idée lui traversa l'esprit, il demanda à la cantonade.

– Quelqu'un va-t-il du côté du théâtre ? J'ai un rendez-vous important à 9 heures.

Au premier coup d'œil, il comprit qu'il ne devrait compter que sur ses jambes. La suite lui prouva qu'il avait vu juste, ces braves gens étaient attendus ailleurs.

Tant pis, sur un dernier signe de tête, Martial entreprit une course contre la montre. 8 h 38, d'abord optimiser sa route. A un pas vif, en longeant le quai Jean-Jaurès, il bifurquerait vers la place Saint-Antoine. De là, il couperait jusqu'à la rue de Paris – Durvin-Bonot y avait son bureau à proximité, dans un immeuble fonctionnel, flambant neuf, de huit étages au moins. C'était court, mais jouable.

– Ne réfléchis pas, mon gars, fonce.

Les flocons continuaient de tomber. Par chance, ils ne formaient encore qu'un tapis mince, le trottoir restait praticable.

– C'est toujours ça de gagné, mon cher ange, bien que tu n'y sois pour rien.

Dire que des gens croyaient à ces sornettes ! Lui, il avait donné, on ne le reprendrait plus à prier un emplumé... Surtout vu le résultat !...

Il mit un turbo dans ses mollets, dépassa rapidement la rue Sirène, posa le pied place Gardon à 8 h 49. Pour l'instant, il était dans les temps.

Il traversa le rond-point, la rue de Paris se trouvait à vingt mètres ; son cœur s'arrêta de battre la chamade, il allait gagner son pari. Du coup, il fonça de plus belle.

Puis il pila net.

Le jeune homme en blanc, serein, venait d'apparaître devant lui.

Dans son costume en lin, souriant, muet, d'un cynisme consommé, le vandale lui fit face, sans chercher à se défiler, comme s'il l'attendait pour le défier.

C'en était trop, le sang de Martial se mit à bouillir, une telle morgue méritait une correction. Il démarra en trombes, courut vers l'insolent, poings serrés. A la dernière seconde, le voyou se réfugia dans le couloir d'une maison.

– C'est donc ici que tu te caches !

La sagesse lui conseilla d'en rester là, Durvin-Bonot avait la priorité. Il tint pourtant à marquer le coup. Vite fait, bien fait. Pour l'honneur. Une bêtise.

D'un bond, il suivit le jeune homme, entra dans un boyau mal éclairé, fit deux enjambées, s'arrêta, s'écria :

– Je reviendrai ! Je sais où te retrouver !

Un vilain bruit derrière lui, celui de la porte, claquée violemment.

Elle s'était refermée. Inquiet, il se précipita pour l'ouvrir.

– Pourriture de serrure ! Tu vas céder, oui ?...

Ses insultes se succédèrent en vain.

Martial était coincé...

Affolé, il tambourina, hurla, appela à l'aide. Personne ne vint à son secours.

Les minutes s'égrenèrent sans que quiconque l'entende.

Et Durvin-Bonot qui l'attendait...

– A moi ! Ouvrez-moi !

Il hurla dans le désert, cette maudite porte était trop épaisse, sa masse l'isolait de l'extérieur, personne ne pouvait percevoir ses appels dans la rue.

En désespoir de cause, il s'attaqua à la porte opposée, celle par laquelle le jeune homme avait dû s'éclipser. Peine perdue, elle résista autant que l'autre.

– Fumier ! Je te ferai la peau !

9 h 12, c'était foutu, il pouvait dire adieu à son poste. Que raconterait-il à Evelyne, à ses gosses ? Le bonheur était revenu dans son foyer avec ce rendez-vous, et il l'avait manqué par la faute d'un salaud, ou plutôt par la sienne : jamais il n'aurait dû s'aventurer dans ce couloir. Il se sentit sale, coupable, irresponsable... Pourquoi s'était-il emporté ? Pour un affront ? Quelle

pitié ! Sa famille valait plus qu'une vengeance.

– A l'aide !

Toujours rien. Il était coupé du monde. Si seulement il avait eu un portable, il aurait appelé Durvin-Bonot. Mais voilà, quand on n'a pas de travail, on fait des économies sur tout...

– Y a-t-il quelqu'un ?

Il eut beau frapper, s'époumoner, on ne l'entendit pas.

Et son manège dura longtemps, trop longtemps...

– Qu'est-ce que vous fichez là ? C'est une propriété privée.

Le visage de la femme exprima moins de surprise que de frayeur. Que fabriquait ce bonhomme derrière la porte qu'elle venait d'ouvrir ? Il était chez elle, il n'avait rien à y faire. Martial regarda sa montre. 9 h 58. Bon ! Autant tenter le coup, il raconterait sa mésaventure à Durvin-Bonot, avec un peu de chance, il arriverait à le convaincre.

– Excusez-moi.

Pas le temps de s'expliquer. D'un mouvement brusque, il écarta la femme de son chemin, prit son élan, courut comme un dératé.

– Je vais prévenir la police ! enragea la bousculée.

Ses menaces le laissèrent de glace, Martial n'avait qu'une idée en tête : réparer les dégâts, plaider sa cause, l'emporter...

Jamais la rue de Paris n'avait vu un homme filer aussi vite, il la dévala, atteignit le boulevard Henri-Dunant, tourna, le souffle court, et, soudain, se pétrifia, atterré par ce qu'il découvrit...

– Mon Dieu... Que s'est-il passé ?

Une foule énorme était massée devant un immeuble, des flammes grignotaient ses étages, des camions de pompiers arrivaient en renfort, une noria d'ambulances allait et venait dans un ballet de gyrophares, la police contenait les curieux.

Martial s'approcha, questionna le premier quidam qu'il croisa.

– Excusez-moi... C'est bien le bâtiment 5 qui flambe ?
– Oui, lui confirma l'homme sans lui adresser un regard.
– Celui des assurances Jersey ?
– Lui-même.
– Oh non...
Sa douleur lui valut les égards du bonhomme.
– Vous avez un proche à l'intérieur ?
– Pas du tout, j'y avais rendez-vous pour du travail.
– Ah ! Je comprends, c'est pas de pot... Remarquez que ceux qui y sont restés n'en ont pas eu non plus.
– Il y a des morts ?
– Quelques-uns, on ignore combien pour l'instant... Des collègues, hélas.
L'homme soupira, alluma une cigarette, la main tremblante.
– Comment est-ce arrivé ? lui demanda Martial.
– On le saura vraiment plus tard. Ce que je peux en dire, c'est qu'on a entendu une explosion, ça venait du sixième. Je ne vous raconte pas la panique dans les escaliers. Moi, j'ai pu m'en tirer : je bosse au premier.
– Au sixième, dites-vous ?... C'est quel service ?
– Direction du personnel. A mon avis, ils sont tous morts sur le coup... Du moins, je l'espère pour eux, parce que sinon ils ont dû souffrir.
Le sol s'effondra sous Martial.
– La DRH... Monsieur Durvin-Bonot...
– Oui, vous le connaissiez ?
– Un peu, nous étions en rapport.
– Ben, c'est près de son bureau que ça a dû péter... A 9 h 04 pour être précis, je venais d'allumer mon ordinateur... Il ne doit pas rester grand-chose de lui...

Là-haut ! Il aurait dû être là-haut, au sixième, à l'heure de la tragédie, aux premières loges pour mourir. Et il n'y était pas, retardé par un imbécile.

La fièvre le gagna, il se prit la tête, recula pour s'isoler, réaliser, s'en remettre.

Son regard balaya la foule. C'est alors qu'il le vit, toujours en blanc et souriant.

De loin, au milieu des badauds, le jeune homme lui adressa une révérence. Bêtement, Martial la lui rendit. Puis il se réveilla, brûlant de curiosité.

– Mais qui c'est, ce type ?

Il se reprit, plongea dans la foule, joua des coudes, bouscula, demanda pardon pour des pieds qu'il écrasait, fendit les rangs, se retrouva à l'endroit où il venait d'apercevoir l'inconnu, le chercha, ne le trouva pas, interrogea :

– Excusez-moi ! Avez-vous vu un jeune homme en blanc, tout blond frisotté ? Il était là il y a quelques secondes.

Vingt caboches répondirent non en même temps.

Il insista près d'une femme en larmes.

– Il se tenait près de vous, madame, dans un costume léger. Ça se remarque sous la neige.

– Navré, monsieur, je n'ai guère fait attention.

Ce fut unanime, personne ne se souvenait de lui. Perplexe, Martial scanna les rangs des curieux, sans succès : le jeune homme en blanc avait disparu.

Pour la première fois depuis six mois il retrouva le sourire.

– Il a donc dû s'envoler...

Retourner chez les siens, rire, faire la fête avec eux !

Vivre à nouveau...

A présent, il savait que ses ennuis s'arrangeraient.

Il suffisait d'y croire.

Petits souliers vernis dans la forêt profonde

De tout temps, les Bourguignons se sont méfiés de la Montagne Noire, pays de mauvais vent, contrée de mauvaises gens.

Sur ce Morvan redouté, ils colportent des horreurs. De mère en fille, les légendes persistent, attachées pour toujours à ses forêts sans fin, à ses monts mystérieux, à ses lacs aux flots sombres.

Des fées l'habitent, des ogres le peuplent, des femmes n'en reviennent jamais, des enfants s'y font manger cru.

Les conteurs rapportent leurs histoires ; les vielleux les mettent en musique.

De nos jours, aux veillées, on en frémit encore.

A moins que l'on y soit insensible, comme cette vieille courbée, emmitouflée de laine, qui, de bon matin, par un dimanche de mai, arpentait les sous-bois.

Le dos cassé en deux, la démarche hésitante, elle évitait les pièges, enjambait les orties, les branches foudroyées, se détournait du houx, prenait garde aux fougères, leur préférait la canche et l'étendue de mousse.

Elle montait doucement, sans but précis, s'arrêtait tout à coup, caressait une feuille, une écorce de bourdaine, admirait la blancheur d'un alisier en fleur, l'orange rougissant d'un sorbier des oiseleurs, puis repartait, à pas lents, sur le sentier pentu, au cœur d'un grand silence, entre tilleuls et ormes.

Que faisait-elle sur ces hauteurs glacées, à peine ensoleillées ?

Cueillait-elle des simples ? Ou les premières framboises ?

A voir ses mains vides, squelettiques à faire peur, il fallait croire que non.

Elle se promenait, simplement, dans la forêt profonde, hantée par des lutins, gardée par des sorcières – à ce qu'en disent les sots : on n'en a jamais vus.

Tranquille, elle avançait dans un printemps superbe, écoutait les oiseaux, débusquait une biche, sans geste ostentatoire, respectueuse d'un monde où elle était l'invitée. La vieille s'y sentait bien, en harmonie avec la nature, sans en être effrayée comme tant de ses semblables.

Où diable étaient les monstres ?

Dans le vallon, peut-être, en costume-cravate.

Et sans se soucier d'eux, elle escaladait la colline.

Ses forces le lui permettaient, elle aurait pu marcher longtemps, si, tout à coup, une étrange apparition n'avait freiné sa course.

Eclairé par le soleil, dans le rayon d'une lumière trouble pailletée de poussière, debout entre deux chênes, tout entouré d'osmonde, un petit garçon la fixait.

Brun, une frange sur le front, haut comme trois pommes, le gamin la dominait sur un tertre de mousse, silencieux, la mine sérieuse, l'air inquisiteur.

Que fichait-il là, seul, de si bonne heure ? D'où sortait-il ? Comment avait-il pu monter si haut ? Et à quoi rimait sa tenue de communiant ?

Vêtu d'un pantalon noir, d'un gilet à rayures, d'une chemise blanche ornée d'un nœud papillon, il portait à ses pieds des petits souliers vernis.

Anachronique, sa présence sur ces monts était surtout une énigme.

– Bonjour ! lui lança-t-il.

– Bonjour, répondit-elle comme si de rien n'était, belle journée pour une balade.

– Très jolie.

– Que fais-tu ici ? Tu te promènes avec tes parents ?

– Non.

– Quelqu'un d'autre t'accompagne ?

– Personne.

– Tu veux dire que tu es seul ?

– Oui.

– Quoi ! C'est de la folie ! Tu ne sais pas que c'est dangereux ?

– Pas pour moi, c'est ma forêt, nous sommes amis.

La vieille en frémit de stupeur.

– Pauvre inconscient, tu pourrais te perdre, avoir un accident.

– J'en connais tous les recoins.

– D'accord, si tu veux. Mais as-tu pensé aux mauvaises rencontres ?

– Je n'ai peur de rien.

– Même pas de moi ?

– Encore moins : vous êtes tordue, toute bossue, vous ne pourriez pas m'attraper.

D'un rire libérateur, la vieille salua sa réplique.

– Ta remarque est peu plaisante, elle a cependant le mérite d'être franche.

Le garçon parut mesurer la cruauté de son propos, en tout cas, il lui présenta des excuses.

– Pardonnez-moi, madame, mais j'ai décidé de ne jamais mentir. Je déteste les mensonges, les adultes en disent toujours, ça fait de la peine à tout le monde.

Tout en parlant, la vieille s'était rapprochée de lui. Elle scruta ses traits purs, n'y vit d'abord que de l'innocence, puis, en fouillant ses yeux, y décela de la révolte.

– Quel est ton nom, mon petit ?

– Anicet, madame. Et le vôtre ?

– Tu peux m'appeler Mélaine, c'est un prénom ancien.

– Il est très beau.

– Je te crois, puisque tu ne mens jamais.

Le visage d'Anicet se contenta d'un faible sourire. Il sauta de son promontoire, lui tendit la main.

– Heureux de vous connaître.

Elle la lui serra en retenant une nouvelle envie de rire ; ce bout de chou l'amusait avec ses formules à l'emporte-pièce, son langage direct, son attitude volontaire.

– Moi de même, Anicet... Je peux savoir ton âge ?

– Six ans et un mois. Et vous ?

– Ouh-la ! On ne pose pas cette question à une dame. Et puis je ne le dis plus, ça ferait fuir mes amoureux.

La réponse lui convint, d'un humour à sa portée.

– Je retiendrai la leçon.

– Bigre ! Quelle sagesse ! Tu dois bien travailler à l'école.

– Non, je n'y vais pas.

– Mais tu vas bientôt y aller ?

– Ça m'étonnerait.

– Pourquoi ? Tout le monde y va.

– Sauf moi, je ne suis pas un enfant comme les autres.

– Il faut pourtant que tu apprennes à lire et à écrire.

– Je le sais déjà, compter aussi.

– Ah...

– Et puis je ne veux plus grandir, les adultes sont trop moches, ils me dégoûtent.

Sur cette profession de foi, il s'écarta, commença à descendre, s'arrêta près d'un buisson de myrtilles, se retourna, le regard dans le vague, le verbe évasif.

– L'heure tourne... Il faut que je parte... Ou ils auront du chagrin...

Ce garçon l'intriguait, Mélaine voulut le connaître un peu plus.

– Tu veux bien que je t'accompagne ?

– Je croyais que vous grimpiez.

– Je n'en ai plus envie.

– Alors suivez-moi si je ne vous fais pas peur.

– Oh ! Pourquoi aurais-je peur de toi ?

– Parce que je suis différent, je le sais, je l'ai assez entendu. On me fuit, je n'ai aucun ami à part la forêt, il n'y a qu'elle qui me comprend.

Son regard se couvrit de tristesse, la vieille crut qu'il allait pleurer, mais non, il releva des yeux secs, haussa les épaules, puis, débarrassé de sa confidence, se remit en marche, d'une allure décidée.

Où allait-il ? Quelles étaient ses intentions ? Patiente, pour ne pas le heurter, elle attendit les premiers charmes avant de l'interroger.

– La forêt est donc ta seule amie ?

– Oui, je n'ai qu'elle.

– Tu ne la crains pas ? On dit que des fées y vivent, des fées qui jettent des sorts aux enfants égarés.

Anicet pirouetta sur lui-même, offrit à Mélaine une face décomposée.

– Les fées sont mortes, les adultes les ont tuées.

L'accusation du gosse la bouleversa, elle mit du temps avant de lui répondre.

– Comment peux-tu affirmer une horreur pareille ?

– Parce qu'ils ont tout oublié ! Les grands ne savent plus qu'ils ont cru aux sorcières, aux princesses, aux gentils géants. Ils font mourir leurs rêves en vieillissant, des jolis rêves qu'ils remplacent par de la méchanceté.

– N'exagères-tu pas un peu ?

La main de l'enfant fit le tour de la flore.

– Non, Mélaine, regardez autour de vous : ils chassent les oiseaux, ils détruisent les forêts, ils salissent ce qui est beau, ils mettent des machins laids partout... Et puis ils ne savent plus lire, plus s'évader, ils préfèrent leur télé... Je ne veux pas devenir comme eux, à toujours parler d'argent, je refuse d'aller à l'école pour apprendre à en gagner.

– Là, tu exagères, on t'y enseigne aussi des matières passionnantes.

– C'est vrai, mais pour être un jour « quelqu'un »... Moi, même si je n'ai que six ans, je suis déjà quelqu'un, ça ne m'intéresse pas d'être un autre.

Aux arbres des hauteurs, succédèrent frênes et bouleaux. Le babil d'un ruisseau annonça la fin du voyage, ils arrivaient à la lisière de la forêt – elle s'éclaircissait, la callune y prospérait.

Anicet se figea soudain, la vieille crut qu'il allait rebrousser chemin.

– As-tu l'intention de faire demi-tour ?

La voix du gamin trembla.

– Je ne peux pas retourner dans leur monde, il est affreux.
– Ah ! Tu veux donc rester dans la forêt...
– ... J'y suis chez moi.
– Je te comprends, elle est magnifique. Mais, comme je te l'ai dit, elle est aussi dangereuse. Sais-tu qu'un petit garçon y est mort ? C'était il y a un an, il avait fugué de chez lui, on a retrouvé son corps dans un fossé.
La tête d'Anicet s'agita.
– C'est maintenant un fantôme heureux... Il vaut mieux être un lutin des forêts qu'un robot fabriqué par les grands.
Quelle douleur, quelle blessure portait-il dans son cœur ? A voir ses prunelles en flamme, Mélaine comprit qu'il ne trichait pas. Ce petit garçon souffrait...
Elle lui prit les mains, l'attira contre elle, lui caressa les cheveux.
– Je vais te faire partager mon secret, Anicet, il devra rester entre nous.
– Quel secret ?
Rivée à son regard, elle le lui révéla avec la fougue d'une jeune fille.
– Celui de la vie, Anicet !... C'est la forêt qui me l'a confié, elle est aussi mon amie depuis longtemps, très longtemps... Alors, écoute-moi bien : tu seras toujours un enfant si tu le désires intensément, c'est au fond de toi que ça se passe, dans un coin de ton âme dont tu as seul la clé. Ne la donne jamais, et tu auras toujours six ans, ton esprit imaginera, créera, inventera jusqu'à ce que tu t'éteignes, parce qu'il aura gardé son innocence. Certes, les gens te trouveront différent, ils ne te comprendront pas, ils te critiqueront, tu leur feras peur...
Elle ouvrit ses bras comme un rapace déploie ses ailes.

– Mais Dieu, que ta vie sera riche ! Ta différence, mon garçon, est un don, ne le gâche pas en écoutant les imbéciles. A la vérité, tu as le pouvoir de rester un petit garçon, tu es un élu, alors profites-en au lieu d'en souffrir...

Du bout de l'index, elle lui frappa le front.

– Crois-moi, Anicet, ne pas être comme les autres est une formidable chance...

L'exhortation de Mélaine l'ébranla.

Il réfléchit.

Pesa le pour et le contre...

– Vous voulez dire que c'est ça le secret de la jeunesse éternelle ?

– Oui, mon enfant, à condition de ne pas marcher dans le rang. Quoiqu'il t'en coûte, décolle, envole-toi au-dessus de la masse. Tu es né pour accomplir de grandes choses si tu t'imposes au lieu de subir...

Les secondes passèrent, Anicet ferma les paupières. Il semblait savourer ce qu'il venait d'entendre, ivre de renouveau, gavé d'espoir. Il rouvrit les yeux, son visage s'illumina enfin.

– Merci, Mélaine.

Il lui sauta au cou, l'embrassa comme seul un gosse sait le faire quand il est heureux.

– Comment avez-vous deviné qui j'étais ?

– Ce n'était pas difficile à comprendre.

Elle se détacha de son étreinte, le poussa en direction du hameau proche.

– Allez, pars, on t'attend.

Au bout de ses effusions, il s'enfuit à toutes jambes, suivi par le regard de la vieille, sauta une haie, se faufila sous une clôture, pénétra dans un jardin où un couple, aux traits ravagés d'inquiétude, l'accueillit avec des reproches.

– Anicet ! cria l'homme, tu nous a fait mourir de peur ! J'allais prévenir les gendarmes !

– Ton beau costume ! se désola la femme, dans quel état l'as-tu mis pour le baptême de ton cousin ?... La cérémonie est à midi, il va falloir que je te change.

Leur frayeur passée, ils s'accroupirent près de l'enfant, le couvrirent de baisers.

– Pourquoi t'es-tu enfui ? lui demanda l'homme, à cause de cette histoire d'école pour surdoués ?

L'enfant acquiesça.

– Ne m'en parle plus jamais, papa, ni de mon QI, je ne suis pas un animal de cirque. Si tu me le jures, je te promets de ne plus me cacher dans la forêt.

Le père accepta le marché, trop heureux de récupérer son fils sain et sauf.

– Et toi, maman, reprit Anicet, cesse de m'embêter avec tes leçons. Je voudrais que tu me fasses plus souvent des câlins, comme à un petit garçon normal.

Des larmes pleins les yeux, la mère le serra contre elle, violemment, tendrement.

– Oui, mon chéri, j'arrête, tu es mon bébé.

Elle lui sourit.

– D'ailleurs, une maman doit prévenir son petit garçon des dangers. Sais-tu qu'une vilaine sorcière rôde dans les monts ? Elle enlève les enfants qui font du mal à la forêt.

Anicet soupira.

– Mais non ! ça n'existe pas. Il y a juste Mélaine qui s'y promène, elle est très gentille.

– Mélaine ?

– Oui, la vieille dame qui est là, devant toi... Regarde, elle nous fait coucou.

Tout près d'eux, à côté d'un bouleau, la vieille leur disait au revoir avec la main.

La mère scruta les arbres, les buissons.

– Quelle dame, mon chéri ? Il n'y a personne.

Un dernier baiser lancé à l'enfant, et Mélaine disparut...

L'olivier andalou

Lettre recommandée avec accusé de réception.

De M. Marcel Quatrepied
Lieu-dit des Fées
Quarré-les-Tombes.
89630 Yonne.

A M. Chouetan
Société Oliparc
87, rue Marie-Carniaux
75008 Paris.

Monsieur,

Ma démarche vous semblera singulière. Il est même probable que vous vous en moquerez. D'ailleurs, je serais étonné du contraire.

Mais de grâce, étudiez bien ses arguments avant d'en plaisanter.

Son étrange contenu mérite des explications, c'est pourquoi je prends la plume pour vous les fournir. Une conversation téléphonique m'en ferait oublier la moitié.

Comme vous vous en souvenez peut-être, je suis l'un de vos clients.

Séduit par votre offre, je vous ai récemment commandé un olivier andalou.

J'avais lu un article sur votre savoir-faire ; on y encensait votre talent pour choisir les plus beaux spécimens, les déraciner avec soin, les importer en France avec précaution.

Vous m'en avez donc livré un, magnifique. Vos spécialistes, le mois dernier, sont venus le planter dans mon jardin. L'opération s'est fort bien passée, je n'ai que des compliments à leur adresser.

Par malheur, la suite s'est quelque peu gâtée.

Pour la comprendre, il me paraît utile d'éclairer mes motivations, et dans ce but, de me présenter.

J'ai soixante-neuf ans. Ingénieur des Arts et Manufactures, ma carrière s'est déroulée en usine, au Creusot, à construire des locomotives tant que la conjoncture me l'a permis. Toutefois, à ce stade de ma narration, ce n'est pas du marasme économique dont je veux parler, mais de mon bagage et de ma passion.

En premier lieu, permettez-moi d'insister sur ma formation.

Nourri dans une école de matheux, mon esprit ne connaît que la logique.

Quel qu'il soit, d'où qu'il provienne, le moindre symbolisme m'amuse.

La propension qu'ont les gens à lire leur horoscope me fait rire. Mon incrédulité va jusqu'à me faire détester les films fantastiques. Dans ce contexte, vous étonnerai-je en affirmant que je suis athée ? J'ai, hélas, fait la guerre. Dieu, à mes yeux, est un concept enfantin. Combien de camarades sont morts après l'avoir prié ?

La foi est le cancer de notre intelligence. La science, par bonheur, m'en a épargné, elle est ma seule Eglise.

Pour ces motifs, je proclame haut et fort rejeter la moindre forme de superstition, de croyance ou de religion.

Il est capital, cher Monsieur, que mon rationalisme vous paraisse indéniable, vous comprendrez pourquoi.

Après ce credo, venons-en à ma passion.

Tout au long de ma vie professionnelle, j'ai habité une maison de fonction.

Marié, père de quatre enfants, cet avantage m'a permis de bien les élever – ils ont fait de solides études – et aussi, peu à peu, de mettre de l'argent de côté pour accomplir un rêve : cultiver des fleurs.

Au Creusot, je ne disposais que d'une mince bande de terre, un étroit filet où j'entretenais quelques roses. J'aurais pu l'étendre, mais le reste de mon terrain a toujours été squatté. D'abord par des balançoires, puis, au fil du temps, par des mobylettes et, enfin, par des voitures d'étudiants. Evolution cartésienne avec la poussée de mes cheveux blancs.

Il n'empêche que j'ai biné, bêché, sarclé pendant toutes ces années, ou du moins que je m'y suis préparé, en apprenant par cœur l'art du jardinage.

Livres sur livres, revues après revues, j'ai engrangé un formidable savoir.

A force de lire, j'ai maîtrisé la théorie. Après ma cinquantième année, il m'a tardé de passer à la pratique.

L'occasion de sauter le pas m'a été offerte avant l'heure, pour les raisons que tout le monde connaît : fermeture des unités de production, délocalisation, plans de licenciements, de reconversion, de retraites anticipées.

Pour ma part, j'ai honte de l'avouer, cette catastrophe a pris un air de liberté.

Grâce à ce cataclysme, j'ai pu partir avec un joli pécule, assorti de l'assurance de ne manquer de rien jusqu'à la fin de mes jours. La douleur des autres a été le coup de chance de ma troisième vie.

C'est affreux, Monsieur, mais qu'y puis-je ?

Je ne suis pas l'inventeur des inégalités.

Quoiqu'il en soit, j'étais un jeune retraité, une nouvelle existence commençait pour moi... Ou plutôt pour nous...

Gilberte, ma femme, en avait assez de la région, des cheminées de ses usines, de la mentalité rude de ses habitants. Il faut dire qu'au Creusot on ne plaisante pas : on sue ! on se bat ! on travaille !... Or il n'y avait plus de boulot, plus de repères, plus de combat. Les gens, à cette époque, étaient devenus tristes ; ils l'auraient été à moins.

Dans les rues, je croisais mes anciens collaborateurs, des hommes de qualité devenus chômeurs, des zombis à la dérive que je ne pouvais aider.

J'étais malade d'impuissance. Je ne leur servais plus à rien.

Et mon bonheur représentait une insulte à leur détresse.

La page était tournée, il fallait que je parte, ma présence dérangeait.

C'est ainsi, qu'avec Gilberte, nous décidâmes de retourner dans notre pays.

Oh ! il ne se situait pas loin de là, à une bonne heure de voiture au nord, entre Morvan et Terre-Plaine, à cinq lieues d'Avallon, notre canton d'origine.

Très vite, à Quarré-les-Tombes, nous trouvâmes une maison à acheter.

Nous y vivons toujours, à peu de distance du village, en lisière de forêt, près d'un endroit nommé la Roche aux Fées, célèbre pour son charme, réputation méritée.

La propriété est vaste. J'ai pu y assouvir ma passion horticole.

Comme il se doit, j'ai commencé par planter des roses, des bégonias, des tulipes, histoire de me faire la main.

Puis j'ai ceint mon terrain de thuyas, de lauriers, de buis ; j'ai combiné les espèces, varié la géométrie des allées avec des magnolias, des rhododendrons, des pivoines, bordé les massifs de grès rose, de galets bancs, de briques rouges.

Mon jardin a explosé de mille couleurs, dans un feu d'artifice de pétales, de senteurs délicates.

J'ai même poussé le plaisir avec un potager. L'union de ses fleurs avec des glycines est simplement superbe.

Ceci fait, enhardi, j'ai tenté des expériences.

C'est ainsi que j'ai réussi à me procurer des daturas, des ficus, des camélias, des plantes rares que j'ai abritées sous une serre, pinacle de mon orgueil.

Vous surprendrai-je, Monsieur, en insistant sur mon désir d'harmoniser l'ensemble ?

Au nord de mon parc, j'ai créé un espace japonais ; au sud, une terrasse à l'italienne ; face à l'entrée, une allée digne de Le Nôtre. Ici et là, j'ai parsemé le tout de pergolas, de gloriettes, de statues, et même d'un bassin à gueulards rempli de nymphéas.

Bref, j'ai réussi des mariages dont je me permets d'être fier.

Ma réputation est telle que l'on vient de loin pour admirer mon œuvre, fruit d'un travail acharné et, surtout, de mon amour pour les plantes.

Mais il est vrai que sur une terre généreuse, grasse et riche, le succès est d'avance au rendez-vous.

Alors, puisqu'elle acceptait tout, je me suis dit qu'un olivier andalou s'y acclimaterait. Sa sève était faite pour l'accueillir.

Ici, Monsieur, je reviens au point de départ de ma lettre.

Après qu'il eut été planté, j'ai convié mes amis à fêter son arrivée.

Nous nous sommes réunis pour lui souhaiter la bienvenue, comme s'il s'agissait d'une personne, d'un étranger que nous voulions accueillir. Après tout, cet arbre venait de loin, et, sans vouloir être lyrique, c'était, en quelque sorte, un déraciné.

La réception fut réussie. Pas d'accroc, elle ne connut que de la joie.

Hélas, le lendemain, le malheur prit la suite.

En entrant dans ma serre, de bon matin, je fus frappé d'effroi : toutes mes plantes rares avait péri dans la nuit. Un phénomène inexplicable. Je l'affirme d'autant plus que le système de chauffe fonctionnait à merveille, qu'aucune panne n'avait été enregistrée. Mieux encore : le terreau était à bonne température, ni trop sec ni trop humide.

Je crus à un acte de malveillance, le mystère ne pouvait s'expliquer autrement. Or il n'y avait pas de signe d'effraction. Comble de tout, une rapide analyse ne décela aucune trace de poison.

Bizarre. Mes plantes n'avaient pu se faire hara-kiri.

La nuit suivante, ce fut au tour de mes primevères de dépérir. Nous étions pourtant en été, une saison qu'elles adorent, au début d'un magnifique mois de juillet. C'était à ne rien comprendre. Avais-je perdu la main verte ?

A la suite de cette hécatombe, jour après jour, en moins d'une semaine, à chaque réveil, je retrouvai mes roses fanées, mes ficus en lambeaux, mes vivaces dénudées, mes capucines éparpillées.

Le sort s'acharnait sur mes plantations, ou plutôt, comme j'en eus bientôt la conviction, un fou qui me jalousait – mon parc fait beaucoup d'envieux, on ne peut empêcher les aigris d'en vouloir au bien d'autrui.

Le sixième jour, j'en eus assez, je venais de découvrir mes pivoines en charpie, sans qu'une seule espèce mitoyenne n'ait été atteinte. Qu'un jardin tout entier périsse d'un seul coup, en quelques heures, peut encore s'expliquer, la science a des réponses. Mais que les uns après les autres, de manière délimitée, des plants d'une même graine soient détruits, est une énigme du ressort des gendarmes.

Quelqu'un cherchait à me nuire en saccageant mes fleurs.

Qui cela ? Je n'en avais aucune idée. Peut-être un ancien collaborateur qui, après m'avoir retrouvé, se vengeait de ce que je n'aie pu l'assister.

Suppositions stériles, le moyen de le savoir était de monter la garde, ce que je fis la nuit même, une nuit calme et chaude, sans un brin de vent.

Dès que le soleil disparut, je m'installai au grenier, un espace de plain-pied pourvu de fenêtres dans ses quatre murs. Un endroit idéal pour surveiller les allées sans me faire remarquer.

Gilberte se moqua de moi. Elle défendait sa théorie : ces ravages répétés étaient l'œuvre d'insectes, d'un ordre rarissime, qui se déplaçaient en groupe. Ils devaient fondre sur un massif, le dévorer en trois secondes, puis repartir aussi vite, leur festin terminé.

L'argument eût été recevable si d'autres jardins avaient été atteints. Mais le mien, dans la région, était le seul à avoir souffert de ces attaques.

Moqueuse, ma femme m'embrassa, puis partit se coucher en riant.

Minuit sonna, je rongeai mon frein en transpirant. La chaleur, je le répète, pesait sur la campagne privée d'air. Une vraie canicule.

Le temps passa dans la moiteur, sans que j'aperçoive la moindre silhouette.

Devais-je supposer que la série s'arrêterait là ? Que le coupable avait fui le pays ou s'était assagi ? Dans une heure l'aurore se pointerait, et toujours rien à l'horizon. Je commençai à espérer que le scélérat, enfin calmé, ne reviendrait plus jamais.

A cet instant précis j'entendis un drôle de bruit, sourd, d'un effet rapide. Je me concentrai pour l'identifier. Il gronda à nouveau, plus longuement, de telle sorte qu'il me sembla percevoir le souffle d'une bourrasque. Manifestation étonnante, insensée dans ce chaudron torride, ce ne pouvait être le vent, il n'y en avait pas.

Elle monta en puissance, de manière soutenue.

Sonorité étrange, je devais en découvrir la nature. Sans hésiter, pistolet en main, je dévalai l'escalier, bondis dans le jardin, l'ouïe à l'affût. Le phénomène se reproduisit. J'écoutai son grognement, le localisai dans l'aile sud. En dépit de ma fatigue, je me mis à courir, dépassai les hortensias, franchis le pont japonais, cherchai la source de ce curieux raffut puis, tout à coup, me figeai, abasourdi.

Devant moi se jouait le spectacle le plus extraordinaire que j'aie jamais vu : l'olivier andalou tanguait avec une force incroyable, comme si un ouragan s'en prenait à ses racines.

Comment pouvait-il se balancer sans un soupçon de vent ?

Je regardai autour de l'arbre, aucune fleur ne bougeait, lui seul oscillait, dans un mouvement infernal.

Il s'arrêta de danser, ses branches se redressèrent puis, avec une violence terrible, se pencha brusquement vers un parterre de lys. Une sorte de tourbillon s'échappa de ses feuilles, s'envola, s'abattit sur les fleurs. En moins d'une seconde, elles furent anéanties.

Le ravage accompli, l'olivier se stabilisa, la tempête s'éteignit.

Venais-je d'assister à un événement surnaturel ou à un fait scientifiquement explicable ?

Je m'assis devant l'arbre, complètement déboussolé...

Gilberte, au petit matin, me sortit de ma prostration. Ma blancheur l'inquiéta, elle se mit même en colère, furieuse d'apprendre que je n'avais pas dormi.

Elle m'entraîna dans la cuisine, me força à avaler un morceau, m'interrogea sur les événements de la nuit : qu'est-ce qui m'avait mis dans cet état ?

Je peinai à lui raconter mon aventure, elle dut m'arracher les mots de la bouche. Quand j'en eus fini, sa réponse m'étonna. Il faut savoir que Gilberte est croyante, contrairement à moi, différence qui ne nous a jamais empêché de nous aimer. C'est de ses lèvres bigotes que revint la raison : le diable n'avait rien à voir là-dedans, l'olivier avait dû être planté dans une terre sensible, à un endroit où passait une source ou un fluide quelconque. N'était-ce pas ainsi que l'on avait percé le mystère des poltergeist ?

A ce sujet, ajouta-t-elle, Bruno, notre aîné, que nous attendions pour déjeuner, en dirait davantage. J'acquiesçai. Ingénieur des Eaux et Forêts, mon fils avait très tôt attrapé le virus : il tenait de moi sa passion pour la nature.

Je partis m'allonger jusqu'à son arrivée.

Il fit irruption à midi, nous embrassa, me trouva mauvaise mine. Gilberte, toujours plus prompte, lui expliqua l'origine de mes cernes. Son récit le passionna, il me bombarda de questions, exigea que je lui fournisse des détails, approuva sa mère, enrichit son hypothèse de cent causes probables, sous forme d'eaux telluriques, de géodynamisme, d'ondes sismiques, de champs magnétiques.

Ce bougre d'arbre ne fréquentait pas d'esprit, mais uniquement la science dont Bruno était le représentant. D'ailleurs il se promit de lui rendre visite.

Après le café, muni d'une échelle, mon fils me demanda de le conduire à l'olivier. Il commença par examiner sa base, ne trouva aucune faille, absence qui le déconcerta un peu. Son écorce intacte l'intrigua. Elle devait forcément porter des marques, ce n'était pas possible autrement. Pour en avoir le cœur net, il posa l'échelle contre son tronc, grimpa pour ausculter ses branches basses, ne découvrit rien de plus, continua son ascension.

C'est alors que je vis les branchages se tendre. Sur mon honneur, je jure que c'est la vérité. On eût dit des bras qui se déployaient pour faire tomber l'échelle. Je voulus avertir mon fils, mais c'était déjà trop tard, il gisait à terre et hurlait de douleur.

Affolé, je courus vers le téléphone pour appeler un médecin, une ambulance, prévenir ma femme, ex-infirmière, d'aller lui prodiguer les premiers soins. Gilberte diagnostiqua une fracture du bassin qu'elle ne put soulager.

Les secours arrivèrent, nous accompagnâmes Bruno à l'hôpital.

On l'opéra d'urgence, on nous choya, on nous garantit qu'il s'en sortirait. Et on nous conseilla d'aller nous coucher.

Nous laissâmes donc notre aîné entre les mains des médecins...

De retour chez nous, le soir, nous n'échangeâmes aucune parole.

Gilberte sortit de la voiture en silence, l'air mauvais, se dirigea vers la remise, y entra, en ressortit avec une pelle, gagna le fond du jardin.

Je la suivis en sachant ce qu'elle allait faire – une bêtise –, mais avais-je le droit de l'en empêcher ?

Les prunelles en feu, elle se campa devant l'olivier, se mit à l'insulter, à le cogner avec sa pelle. De rage, de fureur, elle le frappa de toutes ses forces, de toute sa hargne de mère. Ce salopard avait osé toucher à son fils.

L'idée de la calmer ne m'effleura même pas, je connais ma femme, il fallait attendre qu'elle s'épuise.

Mais l'arbre en décida autrement : le manche de l'outil se brisa sur son écorce, la pelle virevolta, son tranchant entailla la cuisse de Gilberte. Surprise, elle n'émit qu'un petit « aïe ! » Pourtant elle souffrait, le sang jaillissait sous sa robe, il fallait juguler la plaie au plus vite.

Je l'aidai à rentrer chez nous, l'installai dans un fauteuil, courut chercher la trousse à pharmacie. Plus experte que moi, elle décida de se soigner elle-même, désinfecta sa blessure, la réduisit, la pansa. Quand elle eut terminé, elle se renversa en arrière, songeuse, le regard dans le vague. Quelques instants après, l'émotion passée, elle exprima enfin un souhait, une prière qui ne m'étonna guère : elle me demanda de détruire l'olivier par n'importe quel moyen. Pour elle, il n'y avait plus de doute, cet arbre était maudit, les forces du mal l'habitaient, je devais les chasser.

Ses raisons ne me convainquirent pas. Les farfadets, je le martèle, n'ont jamais été ma tasse de thé. En revanche, j'admis que ce fichu arbre avait fait assez de dégâts, c'est uniquement dans cet esprit que je passai à l'action.

De l'essence, des chiffons, des fagots.

Ce furent les armes que je choisis pour en venir à bout.

Avec mille précautions, je dressai un bûcher au pied de l'olivier, l'arrosai de combustible, puis, à bonne distance de lui, je mis le feu au tout en y jetant une torche.

Le bois s'embrasa, les flammes montèrent, je reculai pour éviter leur retour.

Allais-je le réduire en cendres ou se défendrait-il encore ?

Je me méfiai de ses tours, ce en quoi je n'eus pas tort.

Croyez-moi, Monsieur, ce qui suivit n'a rien d'un mensonge, d'une vision ou d'un rêve, j'ai réellement assisté à cette scène, telle que je vais vous la décrire.

D'abord, j'entendis comme un bruissement, une sorte de frémissement auquel mes fleurs m'ont habitué. C'est leur façon de prévoir un orage, je connais bien ce murmure. Mais dans le cas présent, aucun massif ne frissonna, j'eus beau les observer, mes plantes ne bougèrent pas d'un millimètre.

Alors la peur me tenailla, une sale peur, comme celle que j'ai traînée en Algérie : l'ennemi se réveillait, il allait frapper.

Face au danger, les vieux soldats ont ce sixième sens.

Le bruit s'amplifia, de froissement il devint fracas, une tempête soudaine vomit sa sauvagerie, le houppier trembla, le tronc vacilla, l'olivier tout entier fut pris dans un cyclone, ou du moins un tourbillon furieux.

Je pensai que son souffle allait éteindre les flammes.

Tant s'en faut ! La réaction de l'arbre fut pire que prévue.

Essayez d'imaginer un géant invisible qui, avec ses bras immenses, soulève un feu, le roule comme s'il ne craignait pas ses morsures, le malaxe telle une pâte, le façonne, le balade au-dessus de votre tête, hésite à le laisser tomber sur vous – ou plutôt, étalage de sa force, vous prouve qu'il peut vous détruire s'il le désire –, le fait tourner, monter, descendre, puis, satisfait de sa démonstration, le propulse au diable-vauvert !

Quoi que vous en pensiez, c'est pourtant ce que fit un être éthéré.

L'olivier en ressortit indemne, à peine couvert de quelques brûlures.

En revanche, ma pagode chinoise, sur laquelle le vent avait jeté ses flammes, se mit à se consumer.

Je me précipitai pour la sauver, ouvrit un robinet, dirigeai le jet d'un tuyau sur ses cloisons en feu. En pure perte, l'édicule s'effondra en moins de deux.

De même que mes carrés de valérianes, de volubilis, de glaïeuls.

Le tourbillon n'en avait pas terminé avec moi, il détruisit mes mailletons, ruina mes greffes, démolit mes treillages où grimpait du muscat.

En un mot, il me montra sa puissance.

Puis, quand il jugea que la leçon était suffisante, il réintégra l'olivier.

L'arbre l'aspira. Le cauchemar prit fin. J'étais tétanisé.

Voilà, Monsieur, l'extraordinaire récit de ce que j'ai vécu.

Ces étranges événements se sont produits hier.

Certes, hormis mon jardin dévasté, je ne peux prouver les faits que je rapporte. J'admets qu'ils sont durs à avaler. Surtout pour moi, rationaliste convaincu.

Cependant, je vous étonnerai encore, car je garde la tête froide, je ne crois toujours pas aux esprits, ni à un démon cornu.

J'ai réfléchi à ces incidents, j'en tire une conclusion, scientifique, bien sûr.

La voici en substance.

Nous n'avons pas fini d'étudier la Terre, elle existe depuis des milliards d'années, nous n'en connaissons pas grand chose.

Au nombre de nos ignorances figure le mystère de la vie.

D'abord, celui de l'Homme. D'où vient-il ? Qui l'a créé ? Sauf pour les religieux, personne ne le sait.

Qu'y avait-il avant nous ? Avant l'apparition animale ?

Ici, on a une réponse : l'eau, c'est certain, mais surtout la flore.

Autrement dit les plantes, les fleurs, les arbres.

La végétation est une forme de vie, la première de l'univers.

D'ailleurs je vous ferai remarquer, avec beaucoup de prudence, que les astronomes déclareraient une planète « habitée » s'il y poussait de l'herbe.

La piste se resserre, ma théorie avance.

Revenons maintenant à nos ancêtres, vêtus de peaux de bêtes, grands chasseurs de mammouths.

Nous avons des traces de leurs croyances. Animistes, certains d'eux vénéraient les champs et les forêts.

Pourquoi cette foi étrange ? Pourquoi adoraient-ils le monde végétal ?

Peut-être parce qu'ils savaient qu'ils avaient pris sa place...

Cette voie reste à explorer.

Pour ma part, je suis maintenant convaincu que les arbres ont beaucoup à nous apprendre.

Ils vivent...

Et cet olivier andalou n'a rien à faire en Bourgogne.

Il veut retourner sur sa terre, c'est le message qu'il m'a envoyé.

Respectons la nature, revenez le chercher, ramenez-le chez lui, replantez-le en Espagne, je payerai tous les frais.

Dans cette attente, je vous prie, Monsieur, d'agréer mes sentiments distingués.

Marcel Quatrepied.

Le capucin à la colombe

De Charnay-lès-Mâcon à Berzé-le-Châtel, il semblait aux gens qu'ils l'avaient toujours vu.

Sur les coteaux granitiques, l'homme faisait partie du paysage, plus personne n'y prêtait attention.

Il surgissait d'on ne savait où, dans une défroque de moine, capuce enfoncée sur le crâne, s'arrêtait au bord d'une route, agitait une colombe en carton clouée sur un bâton, repartait comme il était venu, au milieu des vignes, à grandes enjambées, sans parler à quiconque.

On le disait fou – d'une démence innocente qui prêtait à sourire.

Pouvait-on craindre un illuminé dont la manie, inoffensive, se résumait à contempler les voitures, à les saluer, à les bénir avec un oiseau peint en bleu ?

Non, c'eût été stupide.

C'est pourquoi on lui fichait la paix.

Au point d'ignorer son nom, on se contentait de l'appeler « le Capucin ».

Un anonyme dont nul n'avait jamais vu le visage...

L'inconnu aurait pu continuer à passer inaperçu, à errer tranquillement, si des enfants, un jour, ne s'étaient penchés sur son mystère.

En ce matin de juin, où débuta notre histoire, le soleil chauffait le village, l'école et les esprits. La cour de récré s'amplifia d'une rumeur, un groupe se forma pour discuter du cas, d'un intérêt suprême pour des cerveaux de CM2.

– Il a disparu comme un fantôme. Vroum ! Enfoncé dans la terre !

– Tu racontes n'importe quoi.

– Je te jure que c'est vrai ! Demande à Christian, il l'a vu avec moi.

Rouquin, tavelé, les traits angéliques de Thierry se déformèrent, sa voix se brisa sous l'aveu. De nature réservée, il détestait éblouir. Or, pour une fois il avait la vedette, position qui le mettait mal à l'aise.

Plus déluré, mignard, brun, les yeux marron, son camarade vint d'urgence à son secours.

– C'est pas des blagues ! Sur ma mère, il a mouru dans l'herbe.

Le troisième larron, toujours incrédule, persista dans le doute.

– D'abord, on dit pas mouru.

– M'en fiche. Ce qui est sûr, c'est qu'il s'est désintégré.

– Pff !.. J'ai du mal à vous croire. Les fantômes, ça n'existe pas, surtout en plein jour.

– Alors, si t'es si fort, comment t'expliques sa disparition ?

Kévin cogita. Meilleur élève de sa classe, il devait solutionner le problème, sa réputation en dépendait. Sa bouille ronde se fripa. D'un geste familier, il lissa ses cheveux blonds, rasés de près, balada de gauche à droite ses iris améthyste, enfla ses poumons, soupira, soudain libéré d'un poids.

– Facile ! Depuis le temps qu'il court dans les monts, le Capucin les connaît comme sa poche. Il vous a semé dans un passage secret.

– Négatif ! On a ratissé le terrain ! objecta Thierry en digne fils de gendarme.

– Vous avez mal cherché.

– Non ! s'indigna Christian, on a même fouillé dans les arbres.

– Il s'était planqué derrière un rocher, vous êtes passés à côté.

– Y en a pas ! T'as qu'à y venir, tu verras bien.

Puisque cette piste n'aboutissait à rien, Kévin reprit l'enquête à son début.

– Bon ! Vous l'avez suivi pourquoi au juste ?

– Parce que ma grand-mère dit que c'est un sorcier.

Christian rougit, un peu honteux de croire à ces superstitions.

Pris par leur jeu, une bande de gamins le bouscula ; sa riposte lui permit de masquer son embarras.

– Barrez-vous ! On cause !

Les perturbateurs s'égayèrent, Kévin le ramena aussitôt à ses confidences.

– Un sorcier... Et c'est pour ça que t'as voulu vérifier ?

– Ouais.

– Toi aussi ? demanda-t-il au rouquin.

– J'ai trouvé ça marrant.

– C'est tout ? Mais vous êtes malades ! Vous savez pas qu'ils débloquent, les vieux ?

– Parle pas comme ça de ma grand-mère ! Et puis elle a ses raisons de le croire.

– Je peux savoir lesquelles ?

– ... Elle connaît le Capucin depuis qu'elle est petite.

– Tu déconnes.

– Véridique ! Et elle est pas la seule... Les gens de son âge en parlent jamais, ils ont la trouille qu'on les traite de bredins.

– Ils ont peur de l'hospice, confirma gravement Thierry, alors ils se taisent.

Objection recevable, Kévin le reconnut, non sans quelques réserves.

– Je comprends, c'est pas rigolo l'hospice... Remarque que le Capucin est peut-être très âgé, bien plus que ta grand-mère... Elle a combien ?

– Soixante ans.

– Ben si ton sorcier en a dix-huit de plus, ça fait le compte, t'as qu'à calculer.

– D'accord, sauf qu'y a un truc qui colle pas.

– Quoi encore ?

– Son père à elle le voyait déjà quand il était chtit.

L'arithmétique livra un résultat que Kévin ne put admettre.

– Ça voudrait dire qu'il a un siècle !

– Ou deux, ou trois, ou dix, s'empressa le rouquin.

– Arrête de délirer, tu sais bien que c'est impossible.

– T'as une autre explication ?

– Oui, monsieur ! Il y a peut être eu plusieurs Capucins. Après tout, rien ne nous dit que ce ne sont pas des vrais moines, des religieux qui accomplissent un rituel à tour de rôle, un truc d'église qu'on connaît pas.

La supposition ébranla la conviction de Thierry.

– Des gars qui se seraient succédés, comme les papes ?

– Oui, un machin de ce genre, c'est plein de monastères dans la région... D'ailleurs, t'as déjà vu son visage ?

– Non.

– Ni toi ni personne, on ne sait pas à quoi il ressemble... Alors à coup sûr, c'est pas le même...

Leur copain avait du bon sens à revendre, de l'intelligence d'un premier de classe. Hélas, si sa logique résolvait les énigmes, elle les privait de rêve. Les gamins avaient besoin de fabuleux, leur imaginaire s'en nourrissait. Ils devaient donc sauver leur histoire. Plus madré que Thierry, Christian lui chercha un second souffle.

– T'as sans doute raison, mais ça ne me dit toujours pas comment il a disparu.

Sur ce pli, il marqua un point, Kévin baissa les bras.

– Venez, je vais y réfléchir.

Mains dans le dos, tête penchée, l'air inspiré, il arpenta la cour sans parler. Autour de lui des enfants échangeaient des cartes, couraient, riaient, se battaient, sans que leur chahut ne le trouble, insensible au bruit, l'esprit ailleurs.

Instant solennel, le surdoué de l'école se triturait les méninges. Impressionnés par son sérieux, ses deux copains respectèrent son silence.

Après quelques pas, il s'arrêta, contempla, au sud, la roche de Solutré, plissa les yeux, livra son analyse.

– Vous savez quoi, les gars ? On va s'organiser pour savoir où il va.

Ses camarades faillirent l'applaudir.

– Quand ça ? lui demanda Thierry.

– En fin d'après-midi. C'est bien dans la soirée qu'il remonte dans les coteaux ?

– Oui, confirma Christian, en passant par le vieux château. On a perdu sa trace après les ruines.

– Et on raconte qu'il en ressort la nuit, ajouta Thierry, toujours dans le même coin.

Par conséquent, c'était dans ce périmètre qu'ils devaient se poster.

Des heures durant, le Capucin courait d'une route à l'autre, couvrait des kilomètres à pied, infatigable, pour reproduire des gestes mille fois exécutés.

De Berzé-le-Châtel à Mâcon, son numéro ne variait jamais.

Il surgissait d'un chemin, d'un taillis, d'un vignoble, se dirigeait vers une route, s'arrêtait à son bord, saluait les conducteurs qui se moquaient bien de lui, puis, tout à coup, brandissait sa colombe en carton à l'approche de l'un d'eux. Au passage de l'élu, il redressait son maigre corps, hochait la tête, ouvrait les bras en croix, les rabaissait doucement pour bénir sa voiture ; ce cérémonial accompli, il repartait à toute allure.

Ce jour-là ne dérogea pas à la règle, l'énergumène hanta les nationales, longea l'autoroute, fit halte près des voies secondaires, sacrifia à son rite, s'éclipsa dans la nature.

Vouloir le suivre eût été stupide, le bonhomme marchait trop vite, les enfants le savaient. C'est pourquoi ils se postèrent en haut du village, au croisement d'un chemin, à un endroit où ils pouvaient l'apercevoir de loin. L'attente fut longue, beaucoup trop, Thierry commença à désespérer.

– Il se fait tard, mes parents vont rouspéter.

– Dégonflé, t'avais qu'à rester chez toi, lui répliqua Kévin.

– Quand on s'engage, on ne déserte pas, le fusilla Christian.

Vexé, le rouquin piqua un fard.

– Est-ce que j'ai dit que j'allais rentrer ?

C'était pourtant son intention, mais l'estime de ses amis méritait une remontée de bretelles. Il prit donc son mal en patience, se rongea les ongles en songeant à la colère de son père.

La montre de Kévin afficha 19 h 04. Tout bien pesé, Thierry avait raison, leurs parents n'apprécieraient guère leur retard. Devaient-ils lever le camp ou se donner une dernière chance ?

Assis sur les ruines d'un vieux mur, en stratège structuré, il calcula le temps qu'il leur faudrait pour accomplir leur mission.

– S'il déboule avant le quart, il faudra huit minutes pour qu'il monte jusqu'ici, plus quatre pour qu'on découvre sa planque... On sera rentrés aux infos. Après, ce sera cuit.

Du moment qu'ils respectaient la messe du JT, ils n'avaient rien à craindre, leurs familles ne feraient même pas attention à leur absence. Fort de cette certitude, Kévin guetta la venue du Capucin, doigts croisés pour une fois, en douce de ses copains. Le surnaturel, après tout, pouvait se révéler un allié convenable.

Son allégeance aux signes dut plaire à la Fortune, le bonhomme surgit au bas du coteau, droit comme un piquet, alerte en dépit de son marathon. Véloce, il s'engagea sur un chemin pentu, sinueux, qui coudoyait le château – la fierté du village, vieux d'au moins neuf siècles.

– Gaffe, murmura-t-il, le voilà.

Il n'eut point à se répéter, ses copains avaient localisé leur proie, déjà à croupetons derrière le mur, mains en écharpe autour de leurs genoux. Ce pan de pierres était la seule cachette disponible, il n'y en avait pas d'autre, sinon quelques arbres de mince consistance. Serrés, angoissés, les enfants se dévisagèrent, la peur s'afficha dans leurs yeux, non du danger qu'ils couraient, mais de l'échec qu'ils redoutaient. Il ne fallait pas que le Capucin les découvre, le silence était leur arme, la sève de leur succès. C'est en retenant leur respiration qu'ils le laissèrent passer près d'eux.

Le bruit de ses pas s'atténua, Christian souffla, se releva lentement, le vit contourner la tour ouest du château, comme il l'avait fait la veille avant de s'évanouir.

– Vite, c'est le moment, chuchota-t-il.

Kévin et Thierry bondirent à sa suite, coururent, arc-boutés, jusqu'à l'endroit où le Capucin avait bifurqué, et là, abasourdis, découvrirent un chemin vide !

Personne. Pas même un chat. Par où s'était-il éclipsé ?

Furieux, dépités, ils le cherchèrent, fouillèrent buissons et vignes, marronniers et lauriers, ruines et cailloux. Rien ! Ce diable d'homme s'était volatilisé, par magie, par incandescence, par ils ne savaient quoi. Dépités, les camarades de Kévin le prirent à témoin.

– T'es convaincu, maintenant ? le nargua le rouquin.

– Si c'est pas un tour de sorcier, tu me diras comment ça s'appelle, persifla Christian.

Dubitatif, Kévin refusa d'en démordre, il devait y avoir une explication logique à ce mystère. Mais il avait beau regarder autour de lui, le paysage n'offrait qu'un espace dégagé, aéré, où il était impossible à un nain de se dissimuler.

– Je suis sûr qu'il y a un passage. Vous avez exploré le fossé ?

Ils y jetèrent un œil, reculèrent, refusèrent d'y descendre, ses pentes était bien trop dangereuses.

– T'es malade, tu veux qu'on se tue ? protestèrent-ils en chœur ?

En contrebas, au flanc des courtines, les douves asséchées fourmillaient d'orties, de piquants exotiques, de plantes cannibales amateurs de chair tendre. De plus, pour les atteindre, il fallait être agile – ou casse-cou –, bref, un chouia inconscient.

– Je m'y risque pas, trancha Thierry.

– Et puis ça ne servirait à rien, marmonna Christian, t'as vu l'herbe ?

Nul pied ne l'avait fauchée.

Ce n'était pas Dieu possible, l'homme n'avait pu s'envoler. Kévin, intrigué, examina l'enceinte du château. Couverte de pulicaire, bariolée de mousse, sa masse ne présentait aucune ouverture apparente. A sa base, forteresse naturelle, des ronciers formaient une chaîne inviolable aux épines menaçantes.

Etrange autant qu'inadmissible.

– Il est pourtant là, j'en suis certain.

Le premier de la classe refusa sa défaite.

Et jura de revenir seul en repartant chez lui.

Il n'eut même pas à défendre sa cause, ses parents avaient d'autres soucis en tête que son retard, sa mère était livide.

– Kévin, je compte sur toi pour obéir à ta sœur, lui demanda son père. Je serai de retour vers minuit.

La famille retenait mal ses larmes, maman venait d'apprendre que son papa avait été admis à l'hôpital, aux urgences à Chalon, pour une crise cardiaque. Elle devait se rendre au chevet de papy, assister mamy, rester près d'eux pendant quelques jours.

– Ton père est solide, ma chérie, je suis sûr qu'il s'en sortira.

– Je l'espère.

Elle boucla son sac, embrassa ses enfants.

– Veille sur ton petit frère, recommanda-t-elle à Nicole, son aînée, je veux qu'il se couche de bonne heure. Je t'appellerai en arrivant à Chalon.

– Tout se passera bien, maman, pars tranquille.

De tendance piercing, bandana et rave, la jeune fille avait des obligations une idée innovante, basée sur l'auto-responsabilité. Autrement dit, elle se fichait de Kévin, il pouvait faire ce qu'il voulait du moment qu'il la laisse seule avec son copain – un dénommé Francis – qu'elle s'était empressée d'appeler. Trois heures en tête à tête ne pouvaient être bradées. A dix-sept ans, la vie paraît courte, on la brûle comme elle se présente.

Il n'empêche que l'hypocrite prit son frère par la main, l'entraîna sur la terrasse, l'obligea à sourire à leurs parents qui, rassurés par leur complicité, quittèrent leur progéniture l'esprit dégagé.

Dès que leur voiture eut disparu, Nicole mit les choses au point entre eux.

– Toi, je te préviens : tu restes au rez-de-chaussée ou je t'en colle une.

– Ok, je vois, tu vas t'enfermer dans ta chambre avec Francis.

– Je te conseille de l'oublier – et de la boucler –, ça ne te regarde pas.

– Exact, mais à une condition.

– Je te laisse la télé et le frigo, que veux-tu de plus ?

– Un billet de dix pour mes cailloux.

Kévin collectionnait les minéraux, hobby coûteux pour sa tirelire.

– D'accord, tu l'auras demain si tu nous fiches la paix.

Sa sœur honorait toujours ses engagements, il lui fit confiance, s'installa dans le salon, n'en bougea même pas quand on sonna à la porte. La voix de Francis résonna dans l'entrée, accompagnée de gloussements, de murmures, suivis de bruits de pas dans l'escalier, de rires idiots, de chuchotis.

Kévin se faisait souvent leur complice, leurs minauderies le laissaient de marbre, il haussa les épaules en les entendant, s'enfonça dans un fauteuil, zappa de chaîne en chaîne, peu attiré par les programmes. A la vérité, il se concentrait sur le Capucin, son cerveau n'avait plus de place pour accueillir un film, ou même un match de football.

Le coucou chanta neuf heures – Dieu qu'il détestait cette horloge et son oiseau braillard ! –, le soleil disparaissait, les monts se couvraient de pénombre.

– Il va sortir de sa cachette.

Christian ne lui avait-il pas dit que le moine la quittait certains soirs ?

Alors, en toute logique, il devait forcément la réintégrer. A ce moment précis, il suffisait de se poster près des douves pour découvrir son passage secret.

Le garçon hésita un moment, regarda par la fenêtre, pesa sa décision. L'occasion de retourner là-haut, de nuit, était unique. Jamais il ne retrouverait une opportunité pareille.

– Je dois tenter le coup.

La chose était jugée, il devait y aller. Mais avant de partir, il se posta au bas de l'escalier, tendit l'oreille. Le couple, au premier, avait mieux à faire que de le surveiller. Tant mieux, ça lui laissait trois petites heures devant lui...

A la va-vite, il enfourna dans un sac de quoi boire et manger, sans oublier une bonne vieille torche, l'enfila sur son dos, amplifia le son du téléviseur, s'assura une dernière fois que Nicole ne descendrait pas de si tôt, puis, décidé à résoudre l'énigme du passage, se dirigea vers la porte. Le Capucin n'avait qu'à bien se tenir ! Les monts du Mâconnais se revêtaient d'obscur, une moitié de lune éclairait leurs rondeurs, le silence engourdissait le village. Kévin ne rencontra aucun chat dans les rues, chacun bâillait devant sa télé, occupé à se détendre, quoi qu'on lui serve à l'écran. Il rasa quand même les murs, à pas feutrés, le dos courbé, dépassa la dernière maison du pays puis, à partir de là, sûr de ne plus être découvert, se mit à courir à travers champs.

Dans la nuit, le château ressemblait à un fantôme ; son ombre, étendue dans les vignobles, amplifiait ses contours, d'une dimension lugubre.

– C'est à cause de la lune, les esprits n'existent pas.

Il fit appel à sa raison, à ce qu'il avait appris à l'école, lu dans des livres de science, entama l'ascension des coteaux, décidé à ignorer sa peur.

Le souffle court, il atteignit la tour ouest, chercha un coin pour se dissimuler, bien abrité, considéra que, tout bien pesé, la pénombre était la meilleure cachette. Un rang de vigne fit son affaire, en surplomb du fossé, face aux ronciers, à l'endroit même où le Capucin avait disparu.

– Dans un souterrain, j'en suis sûr.

Se désintégrer, et quoi encore ? Ses copains n'étaient que des crétins ! Il imagina leurs têtes quand il leur raconterait son équipée, pas peu fier par avance de les épater.

En attendant de les éblouir, il s'assit dans le cépage, sortit une bouteille d'eau, but une gorgée, mangea un biscuit, puis patienta.

Des cris fusèrent autour de lui, des plaintes de bêtes auxquelles il se familiarisa.

– Les bruits de la nature, rien d'autre.

Finalement, se dit-il, on redoute ce que l'on ne voit pas.

Et ce qu'il redoutait le plus, c'était de ne pas voir le Capucin.

Une heure s'écoula. Il réfléchit. Le bonhomme était peut-être resté dans son repaire. Dans ce cas, il le guettait pour des prunes. Il pouvait aussi rentrer très tard, bien après minuit, quand lui serait dans son lit.

Ces suppositions le chagrinèrent, il n'aurait pas deux fois la chance de le coincer la nuit.

Du coup, il croisa les doigts. La pratique lui avait été favorable, cet appel au destin pouvait encore être entendu, pourquoi se priver de ses ressources ?

La suite lui prouva qu'elle était efficace, une silhouette apparut dans le chemin, identifiable à sa capuce.

– C'est lui...

Le gamin s'inclina entre deux ceps, s'immobilisa, le regard fixé sur le moine.

Allait-il se désagréger ? S'envoler vers le ciel ? Ou passer, comme tout le monde, par une porte qu'il n'avait pas vue ?

Aucun de ces scénarios ne fut le bon, le Capucin s'arrêta devant les ronciers, écarta la première branche qui, par mécanisme, entraîna les suivantes. Ainsi fait, l'ouverture forma un couloir qu'il dévala jusqu'au fossé, le franchit, puis disparut par une brèche que le faisceau d'épines masquait en position normale. Dès qu'il fut dans le château, les buissons se renouèrent. L'opération n'avait duré que peu.

Kévin exulta, sa théorie triomphait.

– De la sorcellerie, ça ? Du vent, oui !

Il alluma sa torche, quitta son coin de vigne, se précipita, excité, vers le roncier, chercha la branche que le Capucin avait soulevée.

– Ce doit être celle-là...

Mouchoir en main, protégé de ses dards, il la leva légèrement. Le sésame fonctionna.

– Ouais !

Le couloir s'ouvrit à nouveau, il en devint fou de joie, sans pour autant savoir que faire. Devait-il s'y engager ? N'était-ce pas dangereux, d'une inconscience crasse ?

– Courage, c'est pas le moment d'être lâche.

Sa décision était risquée, mais ses copains en crèveraient de jalousie, jamais l'un d'eux n'avait poussé une aventure si loin.

Impossible de reculer, il s'était lancé un défi, un repli le dégoûterait de lui-même. Kévin avança prudemment, bras collés aux corps pour échapper aux épines, traversa le fossé, atteignit la brèche.

Cet exploit accompli, il se demanda où aller ? Excellente question : chez lui, dans la sécurité de son nid confortable ? Ou à l'intérieur pour découvrir l'antre du Capucin ? Après tout, il ne craignait rien à y mettre le bout du nez. Il se faufila entre les murs, éclaira l'endroit – pestilentiel s'il en fut –, ne remarqua rien de particulier, sinon l'usure des parois étroites, la moisissure ambiante, les cassures d'un escalier en colimaçon.

– Non !

Son cœur faillit lâcher, le roncier s'était replié, il ne pouvait plus sortir.

– Du calme, il doit s'ouvrir pareil que de l'autre côté.

Il s'accroupit, balaya sa lampe sur les branches qui dépassaient, les actionna une à une, sans s'énerver, de haut en bas. La onzième commanda le mécanisme, les buissons s'écartèrent, la haie se reforma.

– Ouf ! Ça va, j'ai compris.

Quoiqu'il puisse arriver, il savait maintenant comment se sauver. La découverte méritait réflexion. Il lui sembla stupide de ne pas l'exploiter. L'escalier descendait, pourquoi hésiter à voir où il menait ?

Un besoin de savoir le poussa à avancer. Immense. Fou. Irrésistible.

Du bout des pieds, il testa chaque marche, les compta, tournoya longtemps entre les pierres humides. La descente n'en finissait pas, il s'en inquiéta.

– Quarante-deux... Il y en a combien comme ça ? Et où est-ce qu'elles mènent ?

A la soixantième il eut la réponse : dans un réduit exigu, sombre, orbe, privé d'issue, un cul-de-basse-fosse vide, glacial, et surtout inoccupé.

Incroyable ! Pas de Capucin ! Il n'avait pourtant pas pu traverser les murs.

Un frisson parcourut le corps de l'enfant, sa peau se gonfla d'une subite chair de poule. Jusqu'ici, il avait réussi à se contrôler, mais devant ce mystère, dans cet antre sordide, il commença à se sentir mal. Effrayé, au bord de la panique, il avança à reculons vers l'escalier, promena la lumière de sa lampe sur les parois, furieux contre sa témérité. Qu'avait-il eu besoin de se fourvoyer dans ce trou ?

– Bonsoir, petit.

Terrorisé, Kévin manqua de s'évanouir, se reprit, éclaira l'endroit d'où venait la voix. Une forme se leva dans un coin, le Capucin s'y était prostré, indécelable, dans un étonnant mimétisme.

– Calme-toi, Kévin, tu n'as rien à craindre de moi.

Bien que son timbre fut doux, Kévin tremblait, pas du tout certain de ses intentions.

– Je vous préviens : je me défendrai si vous avancez.

– Tu peux rebrousser chemin, les marches sont derrière toi.

– Qui êtes-vous ?

La voix soupira, fatiguée.

– Juste un pauvre moine, frère Jean, de la règle de saint Benoît. Ma vocation est de secourir mon prochain, pas de le molester.

Après s'être présenté, le religieux s'éloigna de l'escalier.

– D'ailleurs la voie est libre, Kévin, tu peux t'en aller. A moins, qu'avant de partir, tu tiennes à me poser les questions qui te tourmentent. Tu en as, je crois, beaucoup à mon sujet.

Le garçon en avait au moins une sur le bout de la langue.

– Comment savez-vous mon nom ?

Frère Jean, puisqu'il s'appelait ainsi, répondit sur un ton amusé :

– Parce que je vous connais tous, c'est mon rôle, je dois vous protéger.

– Nous protéger de quoi ?

– Des dangers de la route, mon enfant. Mais ma mission est terminée, c'est toi qui viens d'y mettre fin... Je ne sais si je dois t'en remercier.

Son discours virait au charabia. Ou ce moine était fou, ou il ne savait s'exprimer. Ce qui était sûr, c'est que Kévin ne comprenait rien à ce qu'il lui racontait. Par réflexe, il pointa sa lampe sur sa capuce. Le religieux fit un bond en arrière, se protégea la face avec les bras, subitement vindicatif.

– Arrête ! Baisse cette lumière ! Tu ne dois pas voir mon visage, il te donnerait des cauchemars !

Terrorisé, Kévin chercha à donner le change, il refusait de montrer sa peur.

– Pourquoi ? Vous êtes laid ?

– Pire, petit : monstrueux.

– C'est donc pour ça que vous vous cachez toujours ?

– On m'a interdit de montrer mes traits.

– Qui vous a demandé un truc pareil ? C'est complètement idiot.

– Non, même si cela t'étonne, j'ai approuvé cette mesure.

– Parce que vous êtes défiguré ou quelque chose de ce genre ?

Las, comme soudain épuisé, frère Jean persista dans le mode équivoque.

– Je ne l'étais pas avant que tu rentres ici. C'est ta présence qui me désincarne. Je suis en train de mourir, mon enfant, devant toi... Crois-moi, il vaudrait mieux que tu t'en ailles, le spectacle risque de ne pas être beau.

– Hein ? Qu'est-ce que je vous ai fait ?

La voix du moine s'affaiblit, il chercha ses mots.

– Tu m'as apporté la mort... C'est bien... Je l'attends depuis si longtemps...

A quoi rimait ce laïus ? Touché, bouleversé, Kévin ne comprenait rien à ce boniment, il n'était plus un aventurier, ni un premier de sa classe, il redevenait un enfant, un petit bout de chou de dix ans, aux yeux pleins de larmes, au cœur sensible, que ces propos imbéciles retournaient, un gamin sans défense, loin de sa mère qu'il appelait à l'aide, de son père qu'il aurait aimé avoir près de lui, brisé par la folie d'un adulte, révolté par ses sous-entendus de quatre sous.

– Vous mentez ! Je ne vous ai pas touché !

– C'est exact... Tu m'envoies pourtant dans l'autre monde, mon corps se désagrège.

– Je ne vous crois pas !

– Rassure-toi, j'en suis heureux et je ne souffre pas. D'ailleurs, c'était prévu... Dans quelques instants, je ne serai plus qu'un tas de poussière.

– C'est impossible ! Ça n'existe pas !

– Si, mon garçon.

– Prouvez-le !

D'un geste lent, pénible, le moine releva l'une de ses manches.

– Entendu, puisque tu le souhaites, mais je ne te montrerai que mon bras.

Le faisceau de sa torche éclaira un membre décharné, prêt à tomber. Tétanisé, Kévin vit sa chair se réduire à vue d'œil, ses os se dessécher, son sang se cailler, dans un processus effarant de vitesse – une vraie scène d'épouvante, à hurler, à vomir.

Dégoûté, il s'appuya contre un mur, rendit tripes et boyaux.

– Je t'avais prévenu, ce n'est pas joli à voir.

– Qu'est-ce qui vous arrive, monsieur ? J'ai peur, je veux rentrer chez moi...

Sa superbe avait disparu, il n'était plus qu'un gosse...

En peu de mots, placide, frère Jean apaisa ses angoisses.

– Sois tranquille, mon garçon, tu regagneras ton foyer sain et sauf. Quant à moi, je suis enfin délivré, tu me permets de quitter ce monde.

– Moi ?

– Oui... Seul un enfant pouvait me libérer, et c'était toi.

– Je ne suis pour rien là-dedans.

– Oh, que si... Mais tu as le droit à une explication, laisse-moi parler, je n'en ai plus pour longtemps...

De plus en plus faible, le moine se hâta de raconter son histoire...

– Cela te paraîtra incroyable, pourtant je suis né sous le règne de Philippe II Auguste. Quand j'ai eu vingt ans, la vocation m'a pris, je voulais servir le Christ. J'ai alors rejoint Hugues de Semur à l'abbaye de Cluny. La renommée de notre sanctuaire était déjà immense, les pèlerins y venaient de partout au péril de leur vie. Il est vrai qu'en ce temps-là les routes n'avaient rien de commun avec celles d'aujourd'hui, elles épousaient la montagne, le voyageur y rencontrait moult dangers – naturels, mais aussi humains : les seigneurs de la région n'hésitaient pas à les dépouiller, voire à les égorger.

Il s'arrêta, à bout de souffle. Kévin vit sa robe de bure se déchiqueter, sa tête s'incliner, un sable brun se répandre à ses pieds.

– Pardonne-moi, Kévin, le temps presse, je dois aller à l'essentiel... De tous les frères, j'étais le plus vigoureux. Notre Supérieur m'avait donc confié la garde des pèlerins. Chaque nuit, je devais les mener à Cluny, leur sécurité dépendait de moi. C'est ainsi que je me postais au cœur des monts, dans une grotte près d'Azé, où j'accrochais une torche pour guider leurs pas...

Sous les yeux affolés du garçon, le corps du moine commença à se réduire, à se tasser... Il n'avait plus de jambes...

– Par malheur, un soir d'orage, je me suis endormi. Mon flambeau s'est éteint. Les chrétiens que je devais conduire ont pris un chemin dangereux, ils sont tous morts par ma faute. Il y avait beaucoup d'enfants.

La décomposition s'attaqua à son buste, frère Jean activa son débit.

– Le Ciel m'en a puni, il m'a refusé la mort. Pendant des siècles, jusqu'à ce qu'un bambin vienne me délivrer au nom de ceux que j'avais fait périr, j'ai été condamné à protéger les voyageurs.

Plus que quelques secondes avant de disparaître, le moine fit un effort immense pour achever son récit.

– Des voix m'indiquaient leur nom, l'heure et l'endroit où je devais les bénir. Un simple signe de ma colombe suffisait à préserver leurs vies... Prends-la, je devais encore en sauver un ce soir.

Un spasme, un hoquet. Dans un râle, il eut à peine le temps de conclure.

Des sanglots plein la poitrine.

Des larmes plein les yeux.

Un petit garçon court comme un fou à travers les vignobles.

Il tient en main une colombe en carton.

Et il crie dans la nuit.

– Papa ! Papa !

Le Capucin. La mort.

Le prochain conducteur qu'il devait épargner n'est autre que son père.

Le confessionnal

De miel, de pain d'épices, de pulpe de raisin.

Les tuiles vernissées de la Cité des ducs protègent des histoires qu'il vaut mieux ignorer. Entre la cathédrale Sainte-Bénigne et le palais ducal, le vieux Dijon les préserve, le quartier se resserre sur un prudent silence. Outre les initiés, parfois devenus fous, nul ne doit connaître ses secrets, leur récit épouvante – contes d'un autre âge où l'on brûlait les juifs, les chats et les sorcières.

Pourtant celui que l'on m'a confié date bien d'aujourd'hui.

Dois-je y croire ? Je n'en sais rien, j'ai besoin d'un avis, d'où ma décision de l'écrire pour partager mes doutes. Ai-je raison de ne point m'en moquer, de m'interroger sur sa véracité ? Vous en jugerez à la fin de ces lignes.

Avant de les noircir, sachez que les noms des personnages y seront modifiés, de même que ceux des lieux. Non que je veuille ajouter du mystère à l'aventure, elle en déborde seule, mais par respect pour ses témoins. Ils ont assez souffert pour que je ne les livre en plus aux rires des incrédules.

Ces réserves étant prises, je peux donc commencer, d'une manière peu banale : c'était il y a maintenant...

J'avais gagné Dijon pour échapper au Net. Le dialogue sur écran me révulse, j'ai besoin de voir mon interlocuteur, de l'entendre, de peser ses réactions pour construire avec lui. A fortiori quand il s'agit de négocier.

Les esthètes prétendent qu'être écrivain n'est pas un métier, l'administration également, à la différence qu'elle le qualifie de casse-tête et non de sacerdoce. Mes dossiers la défrisent, mes réponses débordent du peigne, il faut que je la convainque de les coincer entre ses dents.

L'expérience de ce jour fut égale aux précédentes. Dans le bureau où j'atterris, je dus expliquer à l'un de ses agents – aimable au demeurant –, démontrer, prouver longuement, sans jamais m'énerver, que j'étais un citoyen comme les autres, avant que, par enchantement, à quelques tic-tac de la fermeture, il m'accorde ce droit. Auxiliaire bienfaitrice, son horloge magique régla tous mes problèmes.

Ceux-ci étaient déjà oubliés qu'un autre se pointa, d'une banalité courante : une subite faim de loup. Pris par mes démarches, je n'avais pas déjeuné. J'hésitai, ma famille m'attendait, à des kilomètres de là, au cœur du Charollais, dans une chaleur que j'avais hâte de retrouver. Mais conduire en janvier, dans la nuit bourguignonne, sous la pluie, sans avoir au moins avalé un sandwich, me hérissa le poil.

De vous à moi, je déteste prendre le volant, ma phobie de la voiture confine à la haine, le prix que j'attache à la sécurité tutoie la légende. Si je le pouvais, je ne me déplacerais qu'à pied, non sans motif : un camion, à l'aube de mes huit ans, a assassiné mon enfance. Deux tonneaux, la Grande Faucheuse, un petit garçon derrière un corbillard... Il est seul, il pleure, il dit adieu à ses parents... Depuis, je regarde la route, cette garce maudite, avec une méfiance maladive.

Il fallait donc que je grignote un morceau. Rouler le ventre vide – j'en suis convaincu – diminue mes réflexes. Une obsession, je le répète.

Les rues de Dijon grouillaient d'un monde emmitouflé, le froid pressait les piétons dans les brasseries, les tables dégabaient de tasses fumantes, on se réchauffait au chocolat chaud, au thé brûlant, au café-crème, coincés les uns contre les autres. C'était trop de gens, trop de bruit, trop d'attente, j'en avais eu ma dose. Les épaules rentrées, je partis donc en quête d'un bistrot plus tranquille.

A un carrefour de la rue Monge, près de la place Emile-Zola, je découvris une enseigne – Pub anglais – qui me promit du calme dans une ambiance feutrée.

J'y entrai. Une dizaine de clients s'y étaient retranchés, à l'abri du maelström de la ville, dans le confort de sièges en cuir, la douceur d'une lumière tamisée – décoration classique de l'estaminet british, avec ses tableaux dédiés à la gloire du golf, ses bouteilles de whisky bien rangées, un fond jazzy sur un lecteur de cédé.

Tradition anglaise oblige, je passai commande au bar avant de m'asseoir dans un fauteuil olivâtre, un verre dans une main, une assiette dans l'autre. En trois coups de mâchoire je croquai mon jambon-beurre ; d'un trait je bus la moitié de ma bière, puis, à demi requinqué, je me calai dans la peau du canapé, allumai une pipe, m'accordai une pause avant de repartir. L'esprit détendu, les nerfs relâchés, je me mis alors à observer les clients, discrètement, goulûment : une déformation, une gourmandise, un péché, Count Basie en prime.

Le pub ressemblait à un tunnel flanqué de petites niches. Au creux de l'une d'elles un couple parlait à voix basse, de crainte que l'on surprenne ses mots d'amour. A deux tables de lui, des hommes en cravate discutaient d'un contrat où il était question de lavabos, de baignoires et, surtout, de gros chiffres. Près d'eux, au comptoir, un moustachu tout rose, à la calvitie luisante, lisait un journal en sirotant un douze ans d'âge. Des gens riaient dans le fond, en se lançant des « chut ! » par peur de déranger.

Je les croquai un à un, du coin de l'œil, puis je le vis lui, ou, pour être précis, j'amarrai mon regard au sien. L'homme me fixait avec ostentation.

Heureux que je le remarque enfin, il me sourit, ferma les paupières, les rouvrit dans un mouvement complice, inclina la tête pour achever son salut – un bonsoir sans équivoque, cordial, du genre que l'on adresse à un ami. Du coup, j'inventoriai mes souvenirs, cherchai où je l'avais rencontré. En vain, il ne me rappela personne. L'inconnu se leva, je le détaillai mieux.

La trentaine entamée, les cheveux anthracite, de stature moyenne, son corps flottait dans un costume de marque. Plus étique que sa taille, son visage osseux retenait des yeux châtaigne, presque énucléés, comme sortis de leurs gangues. D'une démarche titubante il s'approcha, se planta devant ma table, en oscillant tel un mât dans le vent. Je complétai l'inventaire, sentit son eau de toilette, auscultai ses doigts maigres, manucurés, privés d'alliance, ses rides naissantes, ses lèvres sèches d'où s'échappèrent un timbre grave.

– Vous permettez que je m'asseye ?

– Nous nous connaissons ?

– Non, mais moi je vous ai reconnu.

Pour le prouver, il prononça mon nom, cita certains titres de mes livres.

Les auteurs cultivent l'anonymat, le vedettariat n'est pas leur fort, ce sont des ours qui contraignent leur nature en public. Je dis bien les auteurs, incapables d'expliquer leur création littéraire, de défendre leurs enfants de papier, étonnés eux-mêmes de les avoir engendrés. Mais une fois la plume posée, sortis de leur bulle, ce sont des citoyens aimables, des êtres comme tout le monde, sociaux et fréquentables. Dans cet esprit, au nom de cette courtoisie, je me résolus à accueillir ce lecteur, à entendre les questions habituelles sur le processus de l'écrit – questions auxquelles je réponds avec joie dans les lieux appropriés, beaucoup moins en dehors de leur cadre. D'ailleurs, par réflexe, je me bardai de précautions.

– Cinq minutes alors, je dois reprendre la route.

L'homme me remercia, s'installa, se présenta.

– Arnaud Fléchin, PDG de BAZ, leader dans le multimédia.

– Un secteur qui a le vent en poupe.

– Je ne me plains pas.

Peu à peu son aplomb fit place à une sorte de gêne, ses doigts tricotèrent un instant d'embarras ; il chercha à rompre la glace en désignant mon verre.

– Vous reprenez une bière ?

– Non, merci, je conduis.

– Ah !... Moi, je vais recommander un scotch.

Mes sourcils se levèrent sans que je les y convie, Fléchin aperçut leur va-et-vient réprobateur.

– Ce n'est que le second. J'ai l'air éméché à cause des médicaments.

– Vous êtes souffrant ?

– Les nerfs... Antidépresseurs.

– Gare aux mélanges.

– Bof ! Ils me font oublier ma peur.

– Peur de quoi ?

– De rentrer chez moi.

Voilà ! On y était ! Ce type avait besoin de me confier ses soucis, et non de m'interroger sur mes romans. J'en aurais soufflé de soulagement s'il n'avait fallu que je les écoute, supplice que je m'apprêtai à subir en regardant ma montre, franchement, sans masquer mon impatience.

– Pas moi, je vais être en retard, j'ai 130 bornes à faire.

– Je comprends, marmonna-t-il, mélancolique, le bonheur vous attend, votre maison en est pleine. Ce n'est hélas pas mon cas, l'enfer me guette dans la mienne. Rien ne me presse d'y retourner. Oh non ! rien ne m'y presse.

Lassitude ordinaire d'un homme épuisé, vaincu, qui retarde l'instant de rejoindre un univers de discordes, de reproches, de cris d'un couple au bout de ses passions. Une rupture mal vécue, c'était ça son message. L'aigreur de son phrasé pouvait-elle se traduire autrement ?

– Des millions de gens sont passés par là, le consolai-je, quand c'est fini, c'est fini. Il faut savoir admettre que l'on s'est trompé en se quittant bons amis.

– Excusez-moi, rectifia-t-il poliment, mais je crois, monsieur, que vous vous méprenez. Je ne fais pas référence à ce genre d'enfer... Mon enfer à moi est très, très particulier.

– Pardon, m'inclinai-je, je pensais que vous parliez d'une femme.

Fléchin se crispa, ses joues pâlirent, il eut du mal à articuler.

– Vous ne vous trompez pas entièrement, il y a bien une femme dans ce fichu malheur, une femme à laquelle je tenais. Nous n'étions pas mariés, elle occupait ma vie sans partager mon toit – chacun chez soi, pour le meilleur et non le pire, surtout pas lui, nous étions trop égoïstes pour supporter celui de l'autre.

– Et alors ?

– Elle est partie, d'une manière inattendue... Comment, avec délicatesse, vous avouer ce qu'elle est devenue ?... Disons délicatement qu'elle est allée se retrouver dans une clinique spécialisée.

Je ne crains pas les mots, ils sont ma force, mon sang, je lui refusai donc de maquiller les siens. Après tout, je ne lui avais rien demandé, il s'était imposé à ma table avec son cafard.

– Psychiatrique, bien sûr.

– ... Oui.

– Et c'est pour cette femme que vous faites une dépression.

– Pas seulement, c'est plus grave... Ou plutôt une tragédie...

– A ce point ?

– Tous mes amis sont soignés pour la même folie... Ils ont sombré avec elle dans un délire incurable.

– Vous vous moquez de moi ?

– Ai-je l'air de plaisanter ? Je doute qu'ils en guérissent un jour. Mais ceux-là ont eu de la chance, l'un d'eux est mort...

Il déglutit, baissa les paupières.

– Je suis le seul à m'en être sorti, bien que je sache que je ne m'en remettrai jamais.

Le récit de Fléchin m'intéressa subitement, je décidai de prolonger la pause de dix minutes, pas davantage – peut-être moins, cela dépendrait de lui.

– Crise de démence collective ? C'est bien la première fois que j'entends parler d'un tel phénomène.

– Pourtant réel, monsieur. Par parenthèse, la police a classé le dossier, trop irrationnel à son goût... Entre nous, et en toute honnêteté, j'avoue lui avoir dissimulé les raisons de ce drame. De toute manière, elle ne m'aurait pas cru.

– Voyez-vous ça ! Et à moi, accepteriez-vous de les dire ?

Ne s'était-il pas installé à ma table pour me les confier ?

– Ma maison en est la cause... Ou pour être précis : le confessionnal.

– Le confessionnal ?

– Oui, comme on en trouve dans les églises, un très ancien, parfaitement conservé.

Il n'hésita plus, se lança, les pupilles en feu.

– Je n'ai jamais raconté mon histoire, on me passerait la camisole. Mais à vous, qui êtes écrivain, c'est-à-dire un homme censé tout voir, tout écouter, sans vous moquer des autres, j'aimerais la confier. Ça me libérerait d'un poids. Me donnez-vous un peu de votre temps ? Je n'en demande pas plus.

Sa fièvre m'avait gagné, son aventure semblait mériter ces sacrées dix minutes. Après tout, j'en ferais un sujet de livre si la suite valait le début. J'acquiesçai, il me remercia à nouveau, but son scotch pour se donner du courage, l'engloutit à la russe, ordonna ses phrases, commença, la tête en arrière, le regard dans le vide.

Voici, telle qu'il me la rapporta, l'affaire dont il fut...

Disons : l'initiateur...

Quoi de plus beau que l'automne dans le Clunysois ? Le paradis, peut-être, mais comme personne n'en est revenu, impossible de comparer les deux.

En ce dimanche de septembre, Arnaud Fléchin flânait sur les routes, sans but, au volant d'une berline carrossée en euros, Caroline à ses côtés.

Entre la ouate des nuages, le soleil jouait à cache-cache avec les monts du sud, disparaissait, ressurgissait pour illuminer les plaines grises, les vignobles éteints, les houppiers ocres brunes, les ténèbres des sous-bois.

Depuis les remparts de Brancion, les chevaux du bolide avançaient au pas.

Sans un mot, détendus, Caroline et Arnaud admiraient le paysage.

Pour tout programme, le couple n'avait prévu que des découvertes, celles des couleurs de la saison, d'un coin de forêt inexploré, d'un monument qu'il n'avait pas encore visité, d'une auberge où il ne s'était jamais arrêté, décidé à s'abandonner aux simples joies d'une balade, gommeuse d'un stress épuisant.

Ils en avaient besoin après une semaine de folie, elle à la tête de son laboratoire, lui aux commandes de son entreprise. Leurs situations les rapprochaient, ils savaient ce que signifiait diriger. Elles les séparaient aussi, puisqu'ils y consacraient leurs vies, refusant de quitter leurs pouvoirs pour construire un foyer. Ils s'en accommodaient jusqu'ici, sans chercher à savoir si leur union durerait. Mais Caroline, longue et frêle, aux traits de poupée blonde, se posait maintenant la question.

De même que ces femmes aux ventres ronds qui défilaient dans son labo, elle voulait un bébé. Or le temps s'effilochait, elle allait fêter ses trente-trois ans. Par principe naturel, il faut être deux pour faire un enfant, et si Arnaud, en secret, en désirait un aussi, il éludait le sujet. Autant qu'elle. Par ambition. Par défi.

Le premier qui céderait devrait faire un choix entre sa carrière et son éducation.

Ils passèrent devant le château de Cormatin, hésitèrent à poursuivre jusqu'à Cluny par Taizé – un chemin qu'ils connaissaient déjà –, avisèrent une route discrète, décidèrent de l'emprunter, sans savoir où elle menait. D'un coup de volant, Arnaud bifurqua en direction de Chissey, puis, peu après, s'engagea dans les hauteurs, vers le mont Saint-Romain, au hasard d'une fantaisie partagée par la jeune femme. Les bois et les hameaux se succédèrent, dans un calme divin, sans qu'ils croisent un seul véhicule.

A l'amorce d'un virage, Arnaud remarqua une pancarte.

– Brocante ouverte à 2 km. On s'y arrête pour voir ?

Comme lui, elle adorait chiner.

– Et comment ! J'y trouverai peut-être des tire-bouchons originaux.

Quelques tours de roues avalèrent la distance, ils se garèrent dans la cour d'une ferme reconvertie en bric-à-brac, encombrée d'objets disparates.

Pêle-mêle, une calèche déglinguée voisinait avec un char à banc, un tandem reposait contre une Levassor, des vasques, des outils agricoles, des nains de jardin balisaient le potager. Personne en vue. Ils s'extirpèrent de leur voiture, évaluèrent l'ensemble d'un œil expert, pénétrèrent dans la boutique, à peine éclairée, où régnait un merveilleux désordre. Fouillis indescriptible, choix hétéroclite autant qu'anarchique, il suffisait de soulever un magazine pour dénicher un livre ancien, de pousser un paravent chinois pour découvrir une nature morte. Un souk, un bazar, un fatras poussiéreux.

Toujours pas âme qui vive pour les renseigner. Circonspect, Arnaud abandonna sa compagne, fit quelques pas au-dehors, appela sans succès, contourna le bâtiment, fouina, redonna de la voix, sans plus de réponse.

Bizarre, le brocanteur n'avait pu s'absenter en laissant sa boutique ouverte – ou c'était un inconscient.

De plus en plus intrigué, il continua sa ronde derrière la ferme, dans une courette remplie de plâtres, de brouettes et, curieusement, de meubles. Un auvent les protégeait de la pluie. Arnaud leur accorda peu d'attention, puis, au gré de sa quête, remarqua l'un d'eux en marmottant un « je rêve ».

Eberlué, il s'en approcha, l'ausculta, le caressa, fasciné par ses formes baroques.

– Belle pièce, n'est-ce pas ?

Sans qu'il l'entende, le brocanteur l'avait rejoint. Surpris, il tressaillit.

– Heu ! oui, magnifique. C'est un vrai confessionnal ?

– Parfaitement, monsieur, un authentique réduit du XVIIe, taillé dans du cœur de chêne, chantourné, poli, sculpté par des maîtres de l'époque.

Des personnages d'apocalypse ornaient ses contours. Entre autre scène, des succubes poursuivaient des pécheurs, des repentis priaient à genoux, saint Pierre, une balance entre les doigts, pesait les âmes des mortels. Incroyable ! Que faisait ce chef-d'œuvre dans le vent ? Il méritait des égards.

– Drôle d'idée de le laisser dehors, il va s'abîmer.

Arnaud se retourna vers l'homme. Au terme de sa pirouette, il découvrit un troll sans âge, rabougri, neigeux, hirsute, au visage marqué, ridé comme un désert, chassieux, aux prunelles mornes, au ton las, au débit saccadé.

– Vous avez vu mon local ? Il n'y entre pas.

C'était en effet une bonne raison.

– Et les intempéries ?

– L'ouvrage est solide, monsieur, je le bâche tous les soirs, ça le préserve.

– Quand même, s'indigna Arnaud, il a plus de 300 ans.

Sa critique amusa le brocanteur, son index lui montra le bas du meuble.

– Regardez, on a tout fait pour le détruire... Là, ce sont les marques d'une hache, sa lame n'a pas réussi à l'entamer... Ici, on a tenté de le brûler, peine perdue, ce gaillard est indestructible.

Arnaud examina les dégradations, dubitatif.

– Un travail de sauvage... Je me demande pourquoi on a voulu le démolir.

– Ça, monsieur, posez la question aux sans-culottes. La Révolution a tout saccagé dans le pays, la haine de la tiare et du sceptre a causé bien des dégâts. Pour vous en convaincre, prenez l'abbaye de Cluny, démontée pierre par pierre. Quand on sait qu'elle était aussi vaste que le Vatican, ça donne un aperçu de leur fanatisme.

L'homme soupira de dépit.

– Les Jacobins n'ont pas fait de détail dans le coin, nos églises ont souffert de leur passage. Alors, vous savez, pour ces malades, un confessionnal de plus ou de moins...

Livré à l'encan, le patrimoine de la région avait été dispersé, vendu à des iconoclastes, pressés d'effacer les traces de l'Ancien Régime. Probable que l'un d'eux avait voulu faire un feu de joie de ce symbole sacré.

– Si je vous comprends bien, relança Arnaud, ce chef-d'œuvre revient de loin.

– Je dirais plutôt qu'il a su se défendre.

– « Objets inanimés, avez-vous donc une âme »... Vous connaissez la suite, je présume.

– Mon père était professeur de grec et de latin, il m'en est resté quelques lettres, ainsi qu'un prénom fantaisiste : Horace – ça ne s'invente pas. Horace Vermus, à votre service.

Quand bien même, sans géniteur instruit, au pays de Lamartine les gosses apprennent *Les Méditations* à la sortie du berceau. Une tradition.

– Vous le tenez d'où ce... réduit, comme vous dites ?

– D'une liquidation, les héritiers n'en ont pas voulu. L'acte d'achat est en règle, je le vends avec un certificat... Il vous intéresse ?

Au plus haut degré ! Arnaud l'imagina chez lui.

Sa réussite lui avait permis d'acheter un hôtel particulier dans le vieux Dijon, près de la rue Berbisey, un quartier semblable au Marais à Paris. Il n'était pas peu fier, lui un fils d'ouvrier, de vivre entre les murs d'une demeure du Grand Siècle. Une revanche sur la pauvreté.

Dans une semaine il y ferait la fête, l'anniversaire de Caroline serait le plus beau qu'elle ait connu, d'une brillance que ce confessionnal rehausserait. Il savait déjà comment l'utiliser.

– Ça dépend, répondit-il avec un air de maquignon.

– De quoi ?

– Du prix.

– Evidemment... Faites-moi une offre, nous verrons.

La proposition de Vermus l'estomaqua. D'habitude c'est le vendeur qui annonce un chiffre que l'on discute ensuite. Mais là, puisqu'il modifiait les règles, il décida de commencer à l'inverse du troc. En riant, il annonça une somme infime, à une distance sidérale de la valeur du meuble. Le brocanteur sourcilla, le regarda posément, Arnaud s'attendit à l'entendre râler, à lui répliquer qu'il se moquait de lui. Or loin s'en fallut, l'homme l'accepta sur-le-champ.

– Si vous venez le chercher vous-même, c'est d'accord.

– Quoi ? s'étonna-t-il, vous me le laissez à ce tarif ?

– Ça me débarrasse, je l'ai assez vu... Et j'ai des échéances, profitez-en... Alors ?

Il eût été stupide de refuser.

– Entendu, je vous fais un chèque.
En le rédigeant, il ajouta une clause au contrat.
– N'en parlez pas à ma fiancée, je lui réserve la surprise.
– Je serai discret. Vous le prendrez quand ?
– Après-demain.
Mardi lui convint. Ils se serrèrent la main.

Coincée entre Saint-Jean et le Palais de justice, la ruelle où habitait Fléchin affichait plusieurs siècles. Ses pavés s'étaient plaints du fer des carrosses, ses murs résonnaient encore du cri des colporteurs, ses façades ne comptaient plus les modes qu'elles avaient vu défiler.

L'hôtel qu'il occupait, trop vaste pour un célibataire, donnait sur une cour privée à laquelle on accédait en franchissant un porche. Cette entrée flattait son orgueil, de même que les marches du perron ; elles conféraient à son propriétaire un titre de noblesse, plus éminent que duc ou prince : celui, très moderne, de gagnant.

Pour être franc, Arnaud ne se prenait pas pour un seigneur, il savait qu'il venait du peuple. D'ailleurs, si on avait pu lire dans ses pensées, on aurait découvert qu'il en était fier. Un gagnant, répétons-le, voilà comment il se définissait, un homme qui avait conquis le droit d'habiter cette demeure, grâce à ses études, un travail acharné, une pugnacité hors du commun.

Le bac, une bourse, des prépas, une grande école lui avaient ouvert la voie. Puis, en douze ans, des logiciels, des brevets, des investisseurs lui avaient apporté l'aisance. Ajoutons des litres de sueur à l'inventaire, des tonnes de conviction et, surtout, une formidable rage de vaincre.

A l'opposé, Caroline venait d'un milieu bourgeois. Son parcours ne mentionnait aucun job d'étudiante pour vivre, elle était née dans un cocon, trente-trois ans auparavant, jour pour jour. C'était précisément cet anniversaire qu'elle s'apprêtait à fêter chez Arnaud, en compagnie d'un groupe d'amis.

La soirée commença donc...

Bien que spacieuse, la cour fut trop petite pour abriter tous les véhicules, chacun dut se garer au loin, non sans inquiétude. Bastien Gracien, chirurgien, rougeaud, rondouillard, s'en plaignit dans son jargon, l'homme flattait les argotismes.

– Super, ta baraque, sauf un truc : il y manque un parking.

– Ça t'aura fait marcher, le titilla Arnaud, c'est bon pour ta bedaine.

– Je me moque bien de crapahuter, je balise pour ma caisse, je l'ai laissée dans la rue.

– Pourquoi te biles-tu ? Elle porte un caducée, le meilleur des antivols.

– Pff ! Au contraire, mon grand : ce gri-gri la met en danger ! Les jeunes cassent nos bagnoles pour faucher des pilules, pas pour les fourguer à l'Est.

Pour le consoler, Arnaud lui tendit un verre de champagne, en servit un autre à l'irruption de Delphine Aust, extravagante antiquaire-décoratrice, branchée couleurs, maquillage, langage et vêtements. Delphine avait la manie de lui proposer des « affaires » – un bronze à un prix inouï, une commode qui s'accorderait à son salon, le tableau que son bureau attendait, du Henri III, du Louis XIII à XVIII, du Napoléon I et III, et même du design pompidolien. Il l'écoutait toujours, elle avait meublé son hôtel avec talent. C'est dans cet esprit, qu'en toute confiance, il sacrifia à la tradition.

– Bonsoir, ma chérie, quoi de neuf cette semaine ?

– Ouh-la ! Si tu voyais la crédence que j'ai dégotée, tu tomberais sur tes petites fesses. Parfaite pour ton entrée.

– Et toi, lui confia-t-il à l'oreille en l'embrassant, tu t'évanouiras quand je te montrerai ma dernière acquisition.

– Oh ! Tu m'as fait des infidélités ?

– Occasionnelles, ma douce, ça ne compte pas entre nous.

– Elle est belle, au moins ?

– Bien sûr, sinon je ne t'aurais pas trompée avec une brocante.

En riant, Delphine rejoignit les autres invités. Outre Bastien Gracien, avec lequel elle entretenait une liaison à épisodes, elle bisouilla Julie et Patrick Vandresse, les avocats d'Arnaud, Muriel Lesueur, violoniste à l'Opéra de Dijon, et, enfin, le compagnon de cette dernière, Jean-Marc Billot, vigneron à Vougeot.

Tous se connaissaient depuis des lustres, avaient le même âge, partageaient les mêmes joies, les mêmes codes, exerçaient des métiers captivants. Il ne manquait qu'une personne pour qu'ils soient au complet, la plus attendue, celle pour laquelle ils étaient réunis.

– Caroline n'est pas là ? s'inquiéta Bastien.

– Elle ne va plus tarder, le tranquillisa Arnaud, il n'est que huit heures et demie.

– Et puis elle vient de loin, lui rappela Julie, on roule mal le samedi soir.

Un bruit de moteur les rassura, la reine de la soirée se garait dans la cour, elle y avait sa place attitrée.

– La voilà ! s'exclama Muriel, quand on parle du loup, on voit sa guimbarde.

– Au fait, pour les cadeaux, on fait comment ? demanda Jean-Marc.

– On les lui donnera au dessert, proposa Patrick.

– Mais non, ça lui gâcherait le dîner, le reprit Julie. Si Arnaud est d'accord, on les lui remettra avant de passer à table.

– Entendu, approuva-t-il, vous commencerez par les vôtres, c'est moi qui conclurai.

La cérémonie était réglée, il guettèrent son entrée. Delphine en profita pour questionner Arnaud, à mi-voix, à l'écart des autres.

– Tu lui as acheté quoi ?

– Un bijou.

– Pff ! Tu ferais mieux de lui offrir le mariage.

– Et si elle ne l'appréciait pas ?

– Imbécile, tu ne connais pas les femmes.

Il évita de lui répliquer qu'il ne lui avait pas tout dit, qu'il gardait dans sa poche une petite boîte magique. C'était son secret.

Caroline apparut dans un cri unanime.

– Joyeux anniversaire !

Elle s'y attendait, l'accueil lui fit pourtant plaisir. Elle remercia, bisa, étreignit ses amis, une légère larme à l'œil qu'écacha son compagnon.

– Tu es resplendissante.

Il la fit tourner, admira sa nouvelle robe, la rattrapa pour la serrer contre lui.

– Bon anniversaire, Caroline.

Entre eux, les petits noms cherchaient encore un nid – chéri, ma puce et autre diminutifs peinaient à se poser sur leurs langues. Ils s'embrassèrent sous les applaudissements, saluèrent comme au théâtre.

– Une autre ! réclama Delphine.

– La suite se jouera en privé, plaisanta Arnaud, après votre départ.

Caroline tiqua, elle détestait l'humour gras.

– Verse-moi un verre au lieu de raconter n'importe quoi.

– Sinon tu m'abandonnes ?

En levant les sourcils, elle se dirigea vers le bar décoré par Delphine, comme tout le reste du salon – un espace imposant, aux fenêtres gigantesques, capable d'accueillir trois fois plus de convives. Des bougies l'éclairaient, *Les Saisons* de Haydn lui servaient de fond musical, une grande table se dressait en son centre, chargée d'une vaisselle stylisée, plus récente que les dorures du plafond. Le raffinement à l'état pur, alliance d'ancien et de moderne.

Arnaud réclama l'attention générale.

– S'il vous plaît !... J'espère que vous apprécierez mon initiative : c'est moi qui ferai le service... Mais pas la cuisine, je vous rassure, les plats sont déjà prêts.

– Â ! firent-ils de concert, comme soulagés.

– J'ai tenu à ce que nous restions entre nous.

– Excellent ! apprécia Julie, je déteste quand un guignol me sert à table, j'ai toujours la trouille de me tromper de fourchette.

– Et puis on se retient de dire des conneries, susurra Bastien, j'en ai déjà ma claque de me contrôler en salle d'op.

– Compte sur moi pour te donner la main, s'empressa Delphine, surtout pour les bouteilles. Pour une fois qu'il n'y a personne pour me surveiller, je ne vais pas me priver de les vider.

– Vas-y, ma grande, approuva Jean-Marc, certaines viennent de chez moi.

– Ce soir, je sauce ! annonça Patrick, extatique.

– Et moi, je me lèche les doigts, renchérit Muriel, vive la liberté !

Pas de serviteur amidonné pour leur rappeler les usages, ils en trinquèrent de bonheur. L'ambiance s'installa vite, Julie alla chercher un paquet, le tendit à Caroline.

– Bonne fête, vieille chose.

La jeune femme l'ouvrit sous le regard fébrile de l'assemblée.

– Mon Dieu ! Le Codex, édition originale... Mais tu es dingue ! Toi aussi, Patrick.

– Non, si ça te fait plaisir.

– Tu parles, c'est trop.

Ce fut le signal de la ruée, chacun lui apporta son cadeau, bise à l'appui, meilleurs vœux en sus. Elle déchira les emballages, découvrit une parure de stylos, un tire-bouchon rare pour sa collection, un tableau peint sur soie, l'intégrale de Fischer-Dieskau, avant, qu'à son tour, Arnaud lui présente un coffret.

– Pour toi, avec tout mon cœur.

D'instinct, elle devina qu'il avait fait une folie. Ses yeux le lui disaient. Ils n'étaient ensemble que depuis vingt mois, à demeures séparées, mais elle savait déjà distinguer certains signes chez lui. Ses doigts arrachèrent le bolduc, froissèrent le papier, firent apparaître un écrin de velours rouge. Avant même de l'ouvrir, elle comprit ce qu'il contenait.

– Tu n'aurais pas dû...

– Chut... Laisse-toi aller.

Elle appuya sur un bouton, souleva le couvercle.

– Oh ! firent six voix extasiées.

– Arnaud, tu es malade.

D'amour, seulement, ce que signifiait son présent, un collier d'or et de diamants, signé par un artiste, une splendeur qu'elle n'osa toucher. Il dut le prendre pour le lui passer autour du cou.

– Qu'il te porte chance...

Ce collier la troubla, son symbole dépassait sa valeur, c'était le genre de bijou qu'un homme offre à la femme de sa vie, pour la vie, pour l'éternité, or ils n'avaient jamais abordé la question du toujours.

– Ma-gni-fique !

Le jugement de Muriel la ramena sur terre, elle embrassa Arnaud sans un mot, l'esprit trop brouillé pour lui dire ce qu'elle pensait. Il fit semblant de ne pas remarquer son embarras, se tourna vers leurs amis, leur présenta le buffet.

– Je vous propose de passer à table, chacun se sert.

– D'accord, mais de quoi ? ironisa Bastien.

– Ronde de foies gras pour commencer, ris de veau aux morilles pour continuer, c'est de saison, ils mijotent sur des chauffe-plats.

– Superbe ! le complimenta Delphine, tout ce qu'on aime. Et on boit ?

– Vins des deux écoles : viré-clessé et clos de vougeot de notre ami Jean-Marc.

– Bravo ! S'il est mauvais, on aura le coupable sous la main.

Dans un joyeux brouhaha, ils allèrent se servir, s'installèrent aux places que des cartons nominatifs leur désignaient, se mirent à manger en riant de tout, à boire en portant des toasts pour des futilités, guidés par le bonheur de s'amuser d'un rien. Bastien engouffra trois assiettes de foie gras, à l'effroi de Delphine.

– Ben dis donc, pour un chirurgien, tu ne crains pas le cholestérol.

– Le charcutage des patients, ma chérie, m'a appris ceci : il faut mourir de quelque chose, alors autant que ce soit d'une bonne.

La science avait parlé. On l'approuva. On se resservit.

Le dîner s'étira, ils prirent le temps de savourer, de faire traîner le plaisir, de plaisanter, de se raconter des histoires, d'oublier le quotidien.

Après le fromage, ils réclamèrent la pièce maîtresse du festin.

– Le gâteau ! Le gâteau ! Le gâteau !

Paumes en avant, Arnaud les obligea à se taire.

– Un peu de silence, je vous prie, j'ai une déclaration à faire.

Toutes les bouches se muselèrent, ils s'attendirent à ce que l'annonce soit pour Caroline, mais non, il s'agissait d'un jeu.

– Bien entendu, il y aura un gâteau avec trente-trois bougies – on peut encore dire le nombre – accompagné, comme il se doit, d'un excellent champagne. Mais voilà, ce soir, dessert et Venoge se mériteront.

Un murmure d'excitation traversa la table.

– Comment ? demanda Bastien. Doit-on chanter une chanson ? Je te préviens que mon répertoire se limite à celui des corps de garde.

– Remballe tes turpitudes, mon vieux, l'épreuve sera plus subtile.

– Alors c'est pas cochon ? soupira Delphine, dommage.

– Qu'est-ce que c'est au juste ? s'inquiéta Jean-Marc.

– Pour le savoir, je vais vous demander de me suivre. Allez, tous debout.

Piquée au vif, leur curiosité les poussa à se redresser en même temps. Ils lui emboîtèrent le pas, intrigués, jusqu'au fond du salon où, à la manière d'un bateleur, sur un ton emphatique, Arnaud leur présenta une porte à double battants.

– Derrière ce noble portail, se cache le puits de la vérité... Il vous faudra la dire pour gagner le paradis des saveurs. Etes-vous prêts ? Attention, 1, 2, 3 !

Il l'ouvrit en grand, les laissa à leur surprise. La première à réagir fut Delphine, épatée de découvrir le meuble.

– Un confessionnal ! Waf ! Quelle merveille... Où l'as-tu déniché ?

– Dans une brocante, du côté de Cluny.

Elle l'évalua d'un œil professionnel.

– Un authentique baroque ... Tu as dû le payer une fortune.

– Même pas, une bouchée de pain, le vendeur voulait s'en débarrasser.

Ces explications le détournaient de son jeu, il claqua des mains, réentonna son couplet, un tantinet cabot :

– Revenons à notre épreuve, sinon point de gâteau, point de champagne ! En deux mots, voici en quoi elle consiste : vous devrez tous entrer dans ce confessionnal pour m'avouer vos péchés. Ce n'est qu'une fois que je vous aurai donné l'absolution que vous pourrez vous gaver comme des oies.

Le principe les émoustilla.

– A la condition que tu nous répètes tout en bloc, proposa Patrick.

– Et le secret de la confession ? rappela Julie à son mari. Je n'ai pas envie que tu saches ce que je furète derrière ton dos.

– Autant que je commence tout de suite, persifla Bastien, avec tous les cadavres que je traîne, j'en ai pour la semaine.

Arnaud les mit tous d'accord.

– Ce sera chacun votre tour, par ordre alphabétique, les dames d'abord.

Par chance, Caroline se trouvait en haut de la liste. De toute façon, si tel n'avait pas été le cas, il se serait arrangé pour qu'elle passe la première, il voulait lui parler de leur avenir, convaincu que c'était ce soir-là qu'il devait risquer le tout pour le tout.

En maugréant, la bande des impatients retourna à table – quelques bouteilles les aideraient à attendre.

Caroline s'installa du côté des pécheurs, Arnaud s'assit à la place du prêtre, respira, ouvrit la grille, se tut. Un long silence préluda l'aveu de la jeune femme.

– Je suis très gênée par ton cadeau. Désolée de te le dire.

Il avala sa salive, se racla la gorge.

– Je m'en étais aperçu.

– Ah... Pourquoi as-tu fait ça ? Quel message m'as-tu envoyé ?

Sa voix tremblait. C'était le moment pour lui de se lancer à l'eau.

– C'est un appel qui signifie : arrêtons nos bêtises. Je t'aime, Caroline, je n'ai pas envie d'aller plus loin, comme cet idiot de Candide, pour trouver le bonheur. Mon jardin c'est toi, je le sais, je serais le dernier des imbéciles de ne pas le reconnaître.

Il plongea la main dans sa poche, en sortit une petite boîte.

– Mais je refuse de te bousculer, je te propose de me répondre par étapes. Voici une bague, je la pose ici. Si tu acceptes qu'un jour nous vivions ensemble, que nous créions une famille, prends-la. Cela ne signifiera rien d'autre que tu y songes. Ce n'est que quand je la verrai à ton doigt que je te demanderai de m'épouser. Je te laisse y réfléchir... Pour l'instant je retourne à table, le temps que tu prennes ta décision.

Voilà, il se sentit plus léger, quoiqu'un peu angoissé, incertain de sa réponse. Il quitta le confessionnal en priant pour qu'au moins elle prenne la bague, le reste viendrait naturellement.

Il sortit, referma les battants derrière lui. Ses amis s'étonnèrent de son retour.

– Que se passe-t-il ? s'alarma Muriel, vous vous êtes disputés ?

– Non, tout va bien, Caroline est en pénitence.

Delphine lui versa du vin.

– Bois, tu en auras besoin pour m'écouter. C'est bien moi qui passe après, non ?

– Dans quelques secondes, ma biche, dès que ma pécheresse en aura terminé.

Onze heures sonnèrent. Arnaud changea de cédé et de genre musical, Art Tatum succéda à Schubert. Aux premières notes, un drôle de bruit les fit sursauter.

– C'est quoi, ce boucan ? s'inquiéta Jean-Marc.

– Boum ! persifla Bastien, des conducteurs qui roulaient trop lentement.

L'explication leur convint, la conversation reprit. Muriel parla de subventions, Julie de justice, les minutes s'égrenèrent, nombreuses, sans que Caroline réapparaisse. Delphine s'en émut la première.

– Qu'est-ce qu'elle fiche ? Tu lui as collé combien de Pater à réciter ?

– Je l'ai laissée réfléchir, sans plus.

– Mais c'est que j'ai envie de gâteau, moi !

Sur ce, elle se mit à rythmer, refrain repris par les autres :

– Con-fe-ssion ! Ab-solution !

Ils s'éjectèrent de leurs sièges en scandant ce refrain, changèrent de pièce, entourèrent le confessionnal sur l'air des lampions. Pas de réponse. Aucune réaction de Caroline. Son silence était anormal. L'inquiétude les gagna, ils se turent decrescendo, d'un geste sec Bastien tira le rideau du réduit.

– Mon Dieu !

Julie colla ses mains sur sa bouche, effrayée par le spectacle qu'elle découvrit, anéantie comme tout le reste de la bande. Raide, livide, les yeux exorbités, Caroline tremblait de la tête aux pieds, la bave aux lèvres.

Affolé, Arnaud se précipita sur elle, la serra, l'étreignit.

– Caroline ! Qu'est-ce que tu as ? Parle, nom d'un chien !

Son corps était rigide, il fallut que Patrick l'aide à l'allonger sur un canapé. Dégrisé, Bastien l'ausculta rapidement.

– Bon sang ! Son cœur bat trop vite, on dirait qu'elle a reçu un choc.

– Tu lui as raconté quoi ? demanda Delphine, comme si Arnaud était la cause de son état.

– Je lui ai demandé de m'épouser.

Il regarda sa main gauche. Elle y avait glissé sa bague.

– Mais merde, Bastien, fais quelque chose ! Tu es toubib, non ?

– Pas neurologue, je n'ai jamais soigné ce genre de cas, il faut appeler le SAMU.

Un bredouillement, un vague son. Le regard flou, Caroline marmotta.

– Le prêtre... Le prêtre...

– Quel prêtre, Caroline, quel prêtre ?

Arnaud eut beau la supplier, la jeune femme ne répéta que ces paroles. Ce fut d'ailleurs ses dernières, elle ne fit plus que geindre. Révolté, impuissant, Bastien chercha à comprendre, sa logique réclamait une explication.

– Tu l'as fait désinfecter ton confessionnal ?

– Nettoyer seulement.

– Alors c'est qu'il y a une saloperie dedans, un clou empoisonné ou je ne sais quelle vacherie qui traîne. Reste avec elle, je vais l'examiner de près.

Déterminé à percer ce mystère, il gagna l'autre pièce.

Autour de Caroline on ne savait que faire, sauf Julie qui appela une ambulance. A moitié tremblante, Muriel se résolut à boire au goulot, incapable de se verser un verre. Témoin de la scène, Jean-Marc n'eut pas la force de lui objecter que c'était un clos de vougeot, de quinze ans d'âge, un millésime somptueux.

Un bruit bizarre, suivi d'un râle...

– Ah !...

Le cri s'échappa du confessionnal. Tétanisés, les six amis se dévisagèrent, apeurés, hésitants... Il fallait pourtant aller voir ce qui arrivait à Bastien.

La tête froide – il n'avait que peu bu –, Patrick prit les commandes.

– J'y vais.

Ils le suivirent tous, excepté Arnaud qui demeura au chevet de Caroline.

– Ça va, Bastien ?

Ses pieds dépassaient du réduit, il ne les bougeait plus. Inquiète, Julie reprit la question de son mari.

– Comment te sens-tu ?

Aucun écho.

– Réponds-nous, insista Patrick, ce n'est pas drôle.

A bout de nerfs, Jean-Marc ouvrit le rideau. Bastien l'avait tiré derrière lui, en scientifique scrupuleux, pour reproduire les conditions de l'accident.

– Non... Je ne veux pas...

Le refus de Muriel résuma leur détresse. Affalé, la bouche ouverte, les yeux éteints, une main sur le cœur, le chirurgien gisait dans le confessionnal.

– Il... Il est mort ? demanda Delphine, la voix cassée.

– Oui, confirma Patrick en lui prenant le pouls, probablement d'une crise cardiaque.

Les cinq amis n'osèrent croiser leurs regards, ils savaient que ceux des autres leur renverraient leur effroi, leur refus, leur colère. Aucun d'eux n'admettait la fatalité. Si cette soirée virait au cauchemar, c'était la faute à ce tas de bois pourri, porteur d'un poison, d'un mécanisme meurtrier ou de on ne savait quoi. Fou de douleur, Jean-Marc le frappa de ses poings, lui flanqua des coups de pieds, hurla sa haine, cracha son désespoir.

– Gros tas de merde ! Mais t'as quoi dans les tripes ?

Muriel tenta de le calmer. En vain, il s'acharna.

– Il faut bousiller cette saloperie ! L'effacer ! La réduire en miettes !

Sur ces menaces, les lampes clignotèrent soudain. Jean-Marc s'arrêta de cogner.

Plus d'électricité. Le noir complet.

Ils se figèrent. Seul un lampadaire de la ruelle leur permit de se distinguer.

Statufiés, ils entendirent poindre un grondement. Grave et sourd, le bruit s'amplifia. Pas de doute, il venait du confessionnal. Une lueur verdâtre tremblota à la place du confesseur. Au début minuscule, elle grandit à toute vitesse, sous les yeux horrifiés du groupe, muet d'épouvante.

La porte s'ouvrit violemment. Un colosse en soutane décorée d'une étole, ébouriffé, au nez épaté, aux lèvres lippues, en sortit, doigt pointé sur les témoins de la scène, paralysés par la frousse. L'apparition fulmina ses anathèmes d'une voix d'outre-tombe.

– Maudits ! Vous êtes maudits ! L'heure du Jugement va sonner !

Une sorte de cyclone l'accompagna, son souffle plaqua les accusés contre les murs, blancs comme des suaires, terrorisés, incapables de bouger. Le prêtre étendit une main tremblante.

– Je vous condamne à l'Enfer ! Vos âmes sont impies !

A ces mots, assourdissant, insoutenable, le vent leur brisa les tympans, broya leurs membres, balayant tout sur son passage. Tour à tour, le spectre s'approcha de chacun d'eux. Ils subirent son haleine fétide, son odeur méphitique.

– Corrupteur !... Mécréant !... Gourgandine !... Blasphématrice !...

Egoïste !... Vous êtes tous coupables !

Face crispée, mâchoire ouverte, il leva ses immenses bras vers le ciel.

– Pas d'absolution ! Excommunication ! Allez au diable !

La tempête redoubla de force, bibelots et tableaux tombèrent sur le parquet, le religieux s'apprêta à renouveler ses exécrations quand un hurlement couvrit ses cris. Une sirène. Celle de l'ambulance appelée par Julie.

Le prêtre se tut, le vent s'arrêta de tourbillonner. Ils disparurent d'un coup, la lumière revint aussitôt, ainsi qu'un silence malsain.

Brusque, rapide, irréelle, la tragédie n'avait que peu duré.

Dans le salon, Arnaud, encore sous le choc, émergea du canapé où il s'était caché. Hagard, il marcha comme un automate, entra dans la pièce, étonné d'avoir ce courage.

– ... Mes pauvres amis...

Cloués aux murs, à l'image de Caroline, tous avaient les yeux fixes, le corps en transe, le cerveau anéanti.

Des bruits de pas, une porte que l'on ouvre, un appel.

– Ambulance du SAMU ! C'est ici que l'on doit emmener une personne à l'hôpital ?

Non : six ! Plus un cadavre.

Le commissaire Berthier détesta son enquête.

On l'appela d'urgence pour constater l'hécatombe, ordre auquel il obéit en enfilant des gants. Fléchin était une personnalité, un notable au bras long, il y mit les formes pour l'interroger.

De minuit à l'aube, l'hôtel du drame se remplit d'experts pour l'assister.

Vieille habitude de flic, il huma le contenu des cendriers, le fond des bouteilles, renifla les assiettes. A priori, pas de trace de drogue. Néanmoins, puisque la procédure l'exigeait, il demanda que l'on y prélève des échantillons, par avance certain que les analyses ne révéleraient rien. En cachette, il releva les manches des victimes, ne remarqua aucune piqûre sur leurs bras. Comble de tout, Quenin, le médecin légiste, lui confirma que Bastien était bien mort d'une crise cardiaque. Etrange. Cette affaire sentait le soufre, l'unique odeur de ce bourbier.

Prostré dans un pouf, Arnaud lui présenta des yeux rougis. A sa première question, l'industriel observa le visage du policier – une gueule de bull-dog, garnie d'une moustache en brosse, passe-partout, sans particularité. Un physique d'homme rationnel. A force de l'ausculter, de cerner sa personnalité, il se dit qu'il ne le croirait pas, qu'il valait mieux mentir, ce qu'il fit en inventant une histoire simple, sans théories alambiquées. S'il s'embarquait dans des détails, Berthier chercherait à le coincer. Posément, il lui débita sa fable, prudent à chaque virgule.

– Le docteur Gracien s'est retiré dans le confessionnal, soi-disant pour l'examiner. En fait, il était un peu pompette, on a compris qu'il voulait récupérer. Par discrétion, nous l'avons laissé tranquille. Au bout de dix minutes, je l'ai appelé pour le dessert, invitation à laquelle il n'a pas répondu. Caroline est alors partie le chercher. Elle est réapparue peu après, livide, en titubant, avant d'être prise de convulsions.

– Pourquoi, à votre avis ?

– Avec le recul, je pense qu'elle a été choquée par sa mort.

Berthier se gratta le menton, circonspect.

– Elle n'a parlé de rien ?

– Elle en était incapable.

– Personne n'a eu l'idée d'aller voir ce qu'était devenu Gracien ?

– Non, nous nous sommes d'abord occupés d'elle. Tout a été très vite. Je l'ai allongée sur un canapé, Julie a téléphoné au SAMU, ce n'est qu'après que nous nous sommes inquiétés pour Bastien. Moi, je suis resté au chevet de Caroline.

– Et ensuite ?

– Il y a eu une panne d'électricité. Je suppose que la coupure s'est produite quand ils ont découvert son cadavre. Le spectacle a dû les impressionner.

– Au point d'être frappés de paralysie comme votre fiancée ?

– Franchement, je vois pas d'autre explication logique.

Berthier n'en imagina pas de différente. Son rapport devait s'en tenir à la raison, celle-ci ne connaissait que des faits vérifiables.

Quand le commissaire repartit au petit matin, suivi de son équipe, Arnaud resta en tête à tête avec le confessionnal, l'esprit en ébullition.

Ce satané meuble lui avait pris la femme de sa vie, ses meilleurs amis, il devait le payer, lui et la créature qu'il renfermait.

Mais comment le démolir ?

D'autres avaient essayé avant lui, sans résultat.

De fil en aiguille, il se souvint des marques montrées par le brocanteur. Indestructible ! s'était exclamé Vermus pour qualifier sa résistance. L'adjectif le frappa. L'avait-il prononcé par hasard ? Non. D'ailleurs il s'en était séparé trop facilement, presque soulagé de le voir partir. Il savait donc ce qu'il faisait.

Arnaud dégringola les escaliers, sauta dans sa voiture. Le jour se levait sur un dimanche paisible, ensoleillé, sur un Dijon vide, des routes de Bourgogne quasi désertes. Pied au plancher, il avala les kilomètres jusqu'à Tournus, martyrisa la campagne du vrombissement de son bolide, fonça à une allure folle, arriva chez le brocanteur en un temps record.

En rage, il bondit hors de sa voiture, chercha le logis de Vermus, aperçut de la lumière dans une aile de la ferme, poussa une porte sans frapper, pénétra dans une pièce sombre, nauséabonde, envahie par une vaisselle sale de plusieurs jours. Attablé devant un bol, le bonhomme ne sursauta même pas en le voyant surgir.

– Bonjour, monsieur Fléchin... Je vous attendais.

L'entrée en matière constituait un aveu.

– Le confessionnal que vous m'avez vendu...

– Eh bien ?

– Vous saviez ?

La réponse tarda, le brocanteur finit par exhaler.

– Oui...

Fou furieux, Arnaud se jeta sur lui, le saisit par le col, l'étouffa à moitié.

– Salaud ! Si vous n'étiez pas si vieux, je vous casserais la gueule.

– Vieux ? suffoqua-t-il, quel âge croyez-vous que j'ai ? Regardez-moi bien, je viens d'avoir quarante-deux ans.

– Vous vous moquez de moi ?

– Non, ce maudit confessionnal m'a foutu en l'air ! Et il en a ravagé d'autres avant !

Perplexe, Arnaud contempla ses traits, ceux d'un vieillard cacochyme.

– Il m'a détruit... Prenez mes papiers, vous verrez que je ne mens pas.

Inutile de les lire, il savait qu'il disait la vérité. Mais elle lui importait peu, il était venu pour lui dire les siennes.

– Et moi, à cause de votre lâcheté, il m'a pris la future mère de mes enfants. Elle est devenue folle, de même que cinq de mes amis. Un sixième est mort sous le coup de l'émotion.

– Je sais, monsieur, il a aussi tué ma femme.

Cette confidence le terrassa, Arnaud en relâcha sa pression. Vermus se frotta le cou, s'éclaircit la gorge avant de continuer.

– Je ne suis pas lâche, monsieur Fléchin, j'ai résisté pendant six ans à un enfer sans nom, sans pouvoir dormir, à prier pour que ce cauchemar se termine.

– Et vous n'avez rien tenté pour abattre ce monstre ?

– Si... J'en ai parlé à un exorciste. Il m'a d'abord ri au nez, mais quand il a su mon âge, il a pris l'affaire au sérieux.

– Est-ce qu'il vous a aidé ?

– Il a au moins essayé.

– Comment ?

– Avec son rituel. Pendant cinq nuits, il s'est installé à la place du prêtre, livres saints et goupillon en main. Ah ! pour réciter des patenôtres, il en a récités ! En pure perte ! Dès qu'il est reparti, les âmes ont recommencé à rôder autour du confessionnal.

– Les âmes ?

– Oui, les âmes de ceux auxquels ce maudit curé a refusé l'absolution. Elles reviennent tous les soirs pour qu'il la leur donne enfin.

Il cracha par terre.

– Leur ronde est terrifiante.

Tout en parlant, Vermus lui avait servi un café. Arnaud l'accepta, de même qu'un croissant, l'esprit ouvert, les sens aux aguets.

– Je vous en veux de m'avoir refilé cet immondice.

– C'était nécessaire, monsieur Fléchin, je n'avais plus de solution pour en venir à bout, il fallait que quelqu'un prenne le relais. C'est sur vous que c'est tombé.

– Pourquoi ? Je n'avais rien à voir dans cette affaire.

Les dents jaunes de Vermus se découvrirent sur un sourire amer.

– Moi non plus.... Egalité, fraternité, nous sommes tous les héritiers de nos ancêtres. Les révolutionnaires ont commis des actes que nous payons aujourd'hui. Qui que nous soyons, nous devons régler les problèmes qu'ils nous ont laissés sur le dos, vous, moi, le voisin, tout le monde.

Il se calma, reprit son souffle.

– Six ans durant j'ai combattu seul, fouillé les archives, pris des notes, cherché le moyen d'éradiquer le mal, sans succès. A votre tour, je n'en peux plus, j'en ai marre.

Son propos éveilla l'intérêt d'Arnaud.

– Vous dites avoir fait des recherches sur ce confessionnal ?

– Fort longues, j'en connais toute l'histoire.

– Racontez-la moi, elle pourra peut-être me servir.

Vermus se soumit à sa demande, en évitant les détails...

En Bourgogne, comme aux quatre coins de la France, aux heures sombres de la Terreur, la guillotine fonctionna jour et nuit. Pour satisfaire les dernières volontés des condamnés – coupables de précéder leurs noms d'une particule, ou de rester fidèles au roi –, les bourreaux leur permirent de recevoir les derniers sacrements. Dans une église proche de l'échafaud, ils furent ainsi des dizaines à défiler dans le confessionnal, tenu par un curé réfractaire, épargné par les républicains. Le temps qu'ils en trouvent un autre. Celui-ci s'appelait Naillot, un religieux de salon, plus habitué aux dentelles qu'au drap rugueux des pauvres.

Hélas, les horreurs dont il fut le témoin le rendirent fou. Dame ! il n'avait connu que la frivolité des châteaux. Trop de pleurs, trop de sang, il n'avait jamais côtoyé la souffrance. Le délicat en perdit la raison. Du jour au lendemain, il ne vit plus autour de lui que des hérétiques, des suppôts de Satan, des damnés de la plus basse espèce. A la joie de ses tortionnaires, il refusa de donner l'absolution à quiconque, même à des carmélites, envoyant ainsi ses chrétiens à la mort, privés d'un passeport pour le Ciel.

Cela dura jusqu'au jour où il confessa le chevalier d'Assay. Après l'avoir entendu, il recommença son manège, hurla qu'il avait ouï les propos d'un damné, se garda de le bénir, le condamna à l'enfer. Indigné, d'Assay le somma de sortir de son réduit pour venir s'expliquer. Naillot, plus dément que jamais, fit face au chevalier, le traita de sacrilège, l'insulta, le traîna dans la fange. Dans un mouvement de colère, ce dernier le poussa violemment. Le prêtre perdit l'équilibre, s'affala dans le confessionnal, sa tête heurta un coin de son bois, si fort qu'il mourut sur le coup.

Epilogue de cette navrante tragédie : d'Assay fut décapité après un meurtre qu'il n'avait pas voulu commettre. Quant aux sans-culottes, déçus d'avoir perdu leur raison de rire, ils vendirent le meuble aux enchères...

– Voilà les faits, monsieur. Depuis, tous les soirs, à onze heures tapantes, les âmes de ces pauvres gens viennent demander à Naillot de leur donner l'absolution, d'Assay à leur tête. Mais le religieux ne sort jamais, sauf pour maudire les vivants, ce qu'il a fait avec ma femme, votre compagne et vos amis.

Arnaud plissa le front.

– Pourquoi à onze heures ?

– Avec nos horaires modifiés, onze heures, l'hiver, correspondent à minuit de l'époque. Si l'on tient compte de ce décalage, nos spectres se manifestent à chaque changement de date, pile-poil, sans se soucier de nos arrangements avec la guerre ou le pétrole.

En somme, les disparus avaient gardé leurs habitudes dans l'au-delà, ou du moins dans les limbes où ils erraient. Par conséquent, Naillot était encore fou, et d'Assay cherchait toujours à le ramener à la raison.

– Il y a donc une logique dans leur comportement.

Vermus eut du mal à comprendre où il voulait en venir. Arnaud hocha la tête.

– Je crois savoir comment neutraliser ce confessionnal.

Il décida de s'y prendre le soir même.

La pendule indiqua qu'il lui restait cinq minutes avant l'échéance.

Trois cents secondes d'une réflexion ultime.

Au milieu du salon, lampes éteintes, seul dans son hôtel, Arnaud revisita sa théorie. Il misait tout sur elle, l'erreur ne lui était plus permise, pas aussi près de passer à l'action. Ou alors il devait fuir.

Son plan reposait sur des éléments infimes, des indices anodins, éparpillés, qu'il avait reliés pour aboutir à un constat surprenant.

Quand, suivi de Caroline, il s'était installé dans le confessionnal, sa montre affichait onze heures moins cinq. Le prêtre n'était apparu qu'après qu'il eut quitté son siège, à moins une exactement.

Or, si l'exorciste de Vermus, cantonné dans le réduit, n'avait connu que des échecs, c'était pour une raison précise !... Les âmes errantes obéissaient à un rite immuable... Tous les soirs à la même heure, elles apparaissaient un court instant, sauf si un intrus les dérangeait. Puis celle de Naillot surgissait quand ces dernières disparaissaient, mais à une seule condition : que personne n'occupe sa place.

D'une manière curieuse, les spectres, depuis plus de deux siècles, respectaient ce rituel, il en était convaincu. Ou presque. Mais qu'importaient ses hésitations, il n'avait qu'un seul plan et devait l'appliquer.

Le moment de savoir s'il fonctionnerait arriva.

En serrant les dents, le cœur battant, Arnaud ouvrit la porte du confessionnal, s'installa en évitant de la refermer, déglutit, puisa dans ses réserves pour hurler.

– D'Assay ! Absolution !

Comme un fou, comme un sourd, il s'égosilla de tout son soûl, sans aucun résultat. Onze heures allaient sonner, il cria encore plus fort, en tapant des pieds, des mains, conscient qu'il abattait sa dernière carte.

– D'Assay !!

Les secondes s'envolèrent sans que le spectre de d'Assay ne réponde.

De rage, il s'époumona, à s'en éclater les bronches.

– D'Assay !!!

La pendule tinta... C'était maintenant... Un souffle léger, un murmure... Les âmes commencèrent à se manifester, exactes au rendez-vous...

– Absolution !!!

Un halo, un sifflement, elles cherchaient leur chemin, elles allaient jaillir de l'au-delà, il devait agir vite. Il se redressa dans le confessionnal.

– Venez tous ! Absolution !

Le plafond de la pièce se couvrit d'une fumée gris-bleu, des gémissements s'en échappèrent, horribles à entendre, comme des plaintes de suppliciés.

D'un bond, Arnaud quitta la place du confesseur. Elle s'illumina à son tour, la lueur s'amplifia sur un grondement, dans un protocole identique à celui de la veille.

– Je t'attends, prêtre !

Il pria pour que Naillot apparaisse le premier, son plan ne

marcherait qu'à cette condition. Si le religieux sentait la présence de d'Assay, il continuerait à se terrer, et si le chevalier le voyait, il éviterait de venir. La partie ne se gagnerait que si le synchronisme était parfait...

La lenteur des âmes joua en sa faveur.

Sur un coup de tonnerre, Naillot s'extirpa du confessionnal, immonde, crasseux, la bouche torse, l'index inquisiteur.

– Maudit ! Tu es maudit !

Arnaud ferma les yeux, il fallait qu'il les ferme pour se concentrer, un seul geste lui restait à accomplir. Son esprit recadra le lieu, la position de Naillot, calcula deux pas à gauche, un autre à droite, commanda son élan. Voilà, c'était fait, il ne lui restait qu'à donner un coup de pied. La porte du confessionnal claqua, le prêtre était dehors, pris au piège. Muscles tendus, les entrailles en charpie, Arnaud, se retrancha aussitôt contre le flanc du réduit. Affolé, Naillot chercha à regagner sa place, entouré de la grisaille des âmes qu'il avait vouées à l'errance.

– Allez au diable ! Sacrilèges ! Hérétiques !

Paniqué, il leur lança ses anathèmes, comme à des vivants, pressé de leur échapper. Mais c'était trop tard, la forme d'un homme se détacha du cumulus, se développa, ambrée et triste. Ses bottes, sa redingote à basques, sa perruque à catogan ne laissèrent aucune part au doute : il s'agissait de d'Assay.

– Restez, mon père, il faut que nous parlions.

Dissimulé, immobile, Arnaud s'étonna du ton du chevalier. Il s'attendait à l'entendre insulter, à condamner le prêtre, à le sommer de lui donner l'absolution ; mais non, son timbre cultivait la douceur, son verbe maniait le respect, chrétien déférent face à un homme d'Eglise.

– Nous avons besoin de vous.

– Partez ! Allez-vous-en ! Vous serez tous damnés !

Naillot ne mesurait pas la situation, fou dans les ténèbres comme sur terre.

– Pas d'absolution ! Vous périrez avec vos péchés !

– Nous sommes déjà morts, mon père, depuis plus de deux siècles.

Le prêtre tenta de le repousser.

– Un spectre !.. *Vade retro, Satanas !* Retournez en enfer ! Laissez-moi tranquille !

– Vous aussi êtes mort, mon père, c'est moi qui vous ai tué.

– Sornettes ! Je suis encore en vie !

– Non, mon père, vous avez perdu la raison, comme beaucoup qui n'ont pas supporté le sang. Faites un effort, surmontez votre peur, demandez à Dieu qu'il vous éclaire, et vous verrez que nous sommes devenus des âmes errantes, des âmes qu'Il attend après qu'elles auront fait la paix.

– Mensonges !

– Regardez-vous, regardez-nous, nous avons quitté ce monde sans pour autant gagner le Ciel. Il ne dépend que de vous que nous le rejoignions, nous ne pouvons nous présenter au Créateur sans être pardonnés, vidés de la haine que vous avez mis dans nos cœurs au moment de mourir.

La conviction de d'Assay ébranla Naillot.

– C'est impossible...

– Vous n'êtes plus vous-même, mon père, il faut vous retrouver, entendre à nouveau notre confession et nous absoudre. Ce n'est qu'après que nous pourrons enfin comparaître devant notre Juge... Ecoutez nos prières, mon père, elles vous aideront à revenir parmi nous.

A ces mots, un chant descendit du nuage, des visages de

femmes et d'enfants tournoyèrent au-dessus du prêtre, amicales, souriantes, implorantes.

– Il suffit que vous le vouliez, mon père, pour que vous soyez guéri.

Mélodie angélique. Le curé leva la tête, bercé par sa beauté, étourdi par sa sérénité, déconcerté par une force apaisante que son cerveau rejetait depuis des siècles. Dans son coin, Arnaud le vit se transformer. Ses traits se détendirent, leurs crispations disparurent, son enveloppe se ploya, il joignit lentement les mains.

– Mais qu'ai-je fait, mon Dieu ? Qu'ai-je fait ?

Frappé par la réalité, Naillot tomba soudain à genoux, en pleurs...

Aux dix minutes que je lui avais accordées s'en étaient ajoutées vingt.

Arnaud Fléchin se tut, fatigué, la gorge sèche. Il alla commander un troisième whisky, puis revint vers moi, l'air heureux.

– Merci de m'avoir écouté, monsieur. Peu m'importe que vous me croyiez ou non, le principal est que je me sois soulagé du poids de ce secret.

Effarante narration, je ne sus que lui répondre, partagé entre l'humour et la compassion. Que lui dire ? Et comment ? Après réflexion, je finis par choisir un ton amical.

– Je comprends qu'il soit lourd à porter.

L'homme apprécia ma réaction.

– Pas convaincu, n'est-ce pas ? Mais poli, c'est déjà ça. D'autres que vous se seraient payé ma tête.

– Je ne me moque jamais des gens qui ont souffert, seulement des imbéciles, à commencer par moi : je suis le plus grand de tous.

– Autodérision, on dit que c'est une force.

– Ou une échappatoire.

– Votre conclusion en est-elle une pour éluder ce que vous pensez vraiment ?

Sa façon de m'amener au pied du mur ne manquait pas de subtilité.

– Vous devez savoir que j'ai une formation scientifique, l'étrange n'est pas ma tasse de thé, je l'analyse pourtant au lieu de le rejeter.

– Et alors ?

La suite coula de source.

– La relativité est une chose acquise, je suppose qu'il existe des barrières dans le temps que certains, sans que l'on sache comment, parviennent à franchir.

– Classique. Ce bon Einstein nous fait bien du profit.

– Il a ouvert une voie, je ne serais donc pas étonné que votre aventure s'inscrive dans ce contexte, au chapitre d'une théorie qui reste à démontrer.

Fléchin ricana, l'air navré.

– Du bon sens, de la logique, vous vous en tenez à leurs principes, sans prendre en compte l'aspect religieux.

– Je le laisse à l'Eglise, elle est plus compétente que moi pour le juger. Et puis votre affaire est bouclée, non ?

Déçu, il avala son scotch avant d'achever son récit.

– Pourquoi croyez-vous que j'ai peur de rentrer chez moi ? Parce que ce drame n'est pas terminé. Toutes les nuits Naillot confesse, ils sont des centaines à qui il avait refusé l'absolution, et je dois les subir, sans pouvoir dormir, immobile au fond de mon lit, à attendre que cessent leurs plaintes horribles. J'en deviens fou à lier.

Ses mains se mirent à trembler, ses yeux me supplièrent de l'aider.

Comment le secourir ? Je ne suis qu'un conteur.

La réponse me vint simplement : en écrivant son histoire, pour l'exorciser.

Voilà qui est fait. Chacun l'appréciera.

Moi, je n'ai toujours pas d'opinion.

Etranges nouvelles de Bourgogne
de Philippe BOUIN
a été achevé d'imprimer sur les presses de Mâcon-Imprim
en octobre 2003 pour JPM EDITIONS

dépôt légal n° 3531

www.jpm-editions.com